転生令嬢がその貴公子から逃げられるのは、三回までのようです

CONTENTS

Paradigm

転生令嬢が
その貴公子から逃げられるのは、
三回までのようです

Paradigm

第一章　非婚主義の転生令嬢、求婚される

　逃げ込んだ中庭でこのような事態に遭遇してしまうなんて、シュゼットは予想さえしていなかった。

　ここは絢爛《けんらん》たる舞踏会がひらかれている大ホールの外だ。夜闇に沈む中庭の、茂みを背にしたベンチにシュゼットは隠れていた。舞踏会という名のお見合い会場になどいられないと思って、やっとのことで逃亡してきた先である。

　たいして強くもないのに酒をたくさんあおり、「酔ってしまったから夜風にあたってきます」と理由を作って、なんとかひとりきりになれたというのに。

（恋愛とか結婚とか、そういうものからせっかく逃げてきたのに、もっとややこしい場面にでくわしちゃったじゃない）

　ベンチの上で身を縮めながら、シュゼットは、今日のために特別に仕立ててもらったドレスの内側で冷や汗をかいた。

　十七歳のシュゼットは社交界デビューを果たしたばかりである。薄紅色のドレスは可憐《かれん》なレースで飾られ、サテンの生地は月光をなめらかにはじき返している。でかける前に両親が絶賛したこのドレス姿を、シュゼット自身は鬱々とした気分で鏡ごしに眺めていたものだった。

（伯爵家に生まれついたのであれば、いつかは社交場にでて結婚相手を見つけなければならないのはわかってるんだけど）

それでもシュゼットには、恋愛や結婚をどうしてもしたくない理由があった。だから、本来なら去年に社交界デビューしなければならなかったのを、ずるずるといままで引き延ばしてきたのだ。

そうまでして避けたかったのに、このような状況にでくわしてしまうなんて。

「ということは、こちらの気持ちにきみは応えられないということだね」

茂みの向こう側から聞こえてくるのは春風のように優しげな声だった。

おそらくはまだ年若いこの青年に受け答えるのは、おなじく若い少女の声である。

「ええ、そうなの。ごめんなさい……」

青年とはちがって、少女の声には申し訳ないという気持ちがにじんでいるように聞こえる。

白いベンチの上でシュゼットは動揺しきっていた。青年と少女は、こちらの存在にまったく気づいていないようだ。

「ごめんなさい。好きじゃないわけではないの」

少女の声は、夜風に乗ってたおやかに響く。

この状況はまさに、青年が少女に振られている真っ最中だと思われた。シュゼットは、他人の失恋現場に偶然居あわせてしまったのである。

「わたしにはもう、ほかに好きな人がいるの」

「うん」

青年は、かすかに笑ったようだった。

「知っていたよ。だから気にしないで」

「でも――」

「ただ、伝えておこうと思っただけなんだ」

少女の言葉をさえぎるように青年はやわらかく言う。

彼の声と言葉にシュゼットの胸がずきりと痛んだ。

(ああ、もう、この感じ)

これだから、恋愛はいやだ。

深く傷ついて、死んでしまうかもしれないと思うくらい悲しくて、うずくまって泣き続けることしかできなくなる。喉が痛くなって、目の奥がどんどん重くなって、それでも悲しみが消えてくれないから、涙があふれ続けてしまうのだ。

「きみが彼をずっと見つめ続けていることを、俺は知っているよ」

しかも、もっともつらい失恋のパターンではないか。刺されるような胸の痛みを感じて、シュゼットはてのひらでそこを押さえた。

自分の過去を――正確に表現すれば『前世』を、いやでも思いだしてしまう。

(相手にはすでに想う人がいて、それを知りながらも、ほんの少しの望みにかけて告白して結局振られるっていう、いちばんつらい失恋のパターン――)

だからきっとこの青年も、いまこのときに、ひどく傷ついていることだろう。

慣れないアルコールの影響もあって、シュゼットの瞳には涙さえにじんできた。

名も知らないこの青年と自分を重ねあわせてしまう。

「わたしの気持ちに、あなたは気づいていたの……!?　だったらどうしてこのようなことを――」

少女はがく然としたようだった。その後《ご》、気まずげに沈黙してしまう。

茂みの裏側で、シュゼットはくちびるを噛んだ。

(そんなふうに言ったらだめ。気まずそうに黙り込むのはもっとだめだよ)

彼女の反応は、彼の心をいっそう傷つけるものだ。

彼は今後、いつもどおりの会話を彼女と交わすことができなくなるかもしれない。少なくともいまは、この場から無言で立ち去ってしまってもおかしくないとシュゼットは感じた。

けれど、この予想ははずれた。

これまでと変わりのないおだやかな声で、青年は告げたのだ。

「気づいていたよ。きみはとてもわかりやすいから」

もしかしたらそれは、彼が彼女を見つめていたからこそ気づけたことなのかもしれない。

「だから、きみの想いはもっともいいかたちで彼に伝わると信じているし、それに彼が応えてくれることを願ってる。ジーナ。きみの幸せを祈っているよ」

少女の名を呼ぶ彼の声がとても優しくて、シュゼットは胸がせつなくなった。

彼女にも彼の気持ちが伝わったのだろう。気まずげな雰囲気が溶け消えて、安堵したような声が聞こえてくる。

「ごめんなさい。ありがとう」

「さあ、そろそろホールに戻って。彼がきみをきっと待っているよ。俺は、時間をずらして戻るから」

「ええ。ではまたあとで」

少女の立ち去る足音がして、彼女の気配が消えた。あたりが静かになる。

シュゼットは、茂みのあいだから青年をそっとうかがった。彼の横顔が大燭台のあかりに照らしだされている。

（きれいな人……）

シュゼットより年上の、二十代前半くらいだろうか。思わずため息がこぼれてしまいそうなくらい整った顔立ちをした青年だった。

すらっとした長身を上質なテイルコートで包み、燭台の光のなかでたたずむ姿は、まるで一枚の絵画のようだ。

やわらかな春風に青年の髪がさらりと流れる。花咲く庭園と星空は彼を見守るようにそっと静まっていた。彼の瞳は、薄闇のなかでもそれとわかるほど澄んだ青色をしていて、大ホールの入り口をまっすぐに見つめている。

彼女の行く先を、思っているのだろうか。

シュゼットがせつなくなると、ふいに彼が、肩から力を抜くように小さく息をついた。彼を包む夜の光景がわずかに揺れる。

そのとき、きれいな横顔にさみしげな微笑がにじんだ。

「そうか。あの子ももう、子どもじゃないんだな――」

夜に染み込むような声で彼が言うものだから、シュゼットは、もうがまんできなくなってガバッと立ち上がった。

「ちょっといいですか！」

「えっ？」

青年は、びっくりしたような顔でこちらを見る。

「すみません突然！　少しお話しさせてもらってもいいですか！」

酔いに加えて前世のことを深く思いだしてしまったせいで、言葉遣いが前世っぽくなってしまっている。が、このさいかまうものかとシュゼットは思った。

一方で青年はひどくとまどっているようだ。

「ええと、きみはいったい――」

「ちょっとだけお話させてもらってもいいですか、イケメンさん！」

「いけめん？」

青年は、わけがわからないといった様子で眉をよせている。そういう表情もかっこいいなと思いつつ、ベンチの上に立ち上がったまま力をこめてシュゼットは言った。

「いまのお話は一部始終聞かせていただきました。その上で、あなたにお伝えしたいことがあります！」

青年は目を丸くした。

「聞いていたの？　全部？」

「はい！　ごめんなさい！」

「そうか。まいったな……」

青年は、視線をそらしてなにかを考え込んでいるようだ。

それからまたシュゼットに目を戻す。

「まあ、うん……きみと話をするのはいいけれど。その前にまずはきみの名前を――」

彼はふと、きれいなかたちをした両目を見開いた。

「ちょっと待った。不自然なくらい目線が高いけれど、きみ、いまベンチの上に立っていたりする？」

シュゼットは大きくうなずく。

「そのとおりです、でも気にしないでください！　いいですか、わたしがあなたにお伝えしたいことはですね」

「うん、わかった。話はちゃんと聞かせてもらうから、その前に下りようか」

足早に茂みをまわり、シュゼットの目の前にきて彼は手を差しだした。スエードの手袋に包まれた大きな手だ。

「おいで」

「えっ」

「足をすべらせたらあぶないよ」

少しだけ低い位置から青年の瞳がこちらを見つめてくる。澄んだ青色は燭台の光と溶けあっていた。

「あ、あの」

「うん」

彼の瞳とやわらかな声に、なぜか鼓動が早鐘をうち始めた。

「わたし、ひとりで降りられます」

「そう？」

「はい」

「でもきみ、お酒に酔っているよね」

「なっ、なんでわかるんですか」

「わかるよ」

彼が、ふいに笑みを浮かべた。思わず引き込まれてしまうほど優しい笑みだった。

(ちょっと待って。これ、まずい——)

青年は、片方の手袋を引き抜いて、素肌になった指先でシュゼットの頬にふれた。

「頬がほんのり赤くなって、瞳が潤んでいるよ。くちびるも赤いし、声もどこか甘ったるくて——ああでも、声はこれが地なのかな」

突然ふれられたことで、シュゼットはびくっと肩を縮めた。彼は、笑みを浮かべたまま指を下にすべらせて、シュゼットのくちびるにちょんとふれる。

「かわいい酔いかたをするね」

「かわ……!?」

動揺して思わず逃げ腰になったところで、シュゼットは足をもつれさせた。靴底がつるんとすべってバランスを崩すと、彼の腕が腰にからんで力強く抱きよせられる。

「きゃあっ」

「はい、いい子」

広い胸のなかに抱きとめられたのち、足先が芝生についた。そっと下ろされて、けれど彼の腕はシュゼットを支えるようにまわされたままだ。

「大丈夫?」

「だっ、大丈夫じゃないです、あっ、いえ、大丈夫です」

答えつつも、足もとがふらついている。それを察しているのか、彼は腕をはなそうとしてくれない。

男性のがっしりした両腕のなかに囲われて、シュゼットの動悸は痛いほどだ。夜風から守られているようであたたかいし、なんだかいい匂いまでする。

「さっきよりも顔が赤くなっているように見えるけれど？」

「こっ、これは酔っているからです。抱きしめられてドキドキしたからじゃないです。だってわたしは恋愛をしたくなくて——お見合いなんてしたくなくて、この庭へ逃げてきたんですから……！」

混乱して、よけいなことまで口走っているような気がする。

「きみはおもしろい子だね」

彼は、笑いをかみ殺すようにして言った。

「それで、俺に話したいことって？」

「あの——ええと」

混乱したまま、シュゼットはなんとか言葉を絞りだした。

「女性から振られたって大丈夫です、ということを伝えたかったんです」

「ああ、なるほど」

そういうことか、と青年はつぶやいた。手応えを感じて、シュゼットはけんめいに話を続ける。

「ほかにいい人がきっと現れますよ。あなたほどのイケメンならすぐに見つかります。だから大丈夫です！　元気だしていきましょう！」

「ああごめん。その、いけめんというのは？」

「顔がカッコいいという意味です！」

勢い込んで答えると、彼は吹きだした。笑いながら言う。

「そうなんだ、どうもありがとう」

「それで、ええと、だから――」

伝えたい言葉が糸のようにからまりあって、うまくでてこない。すると彼は、優しくほほ笑みながらシュゼットの頬を手の甲でするりとなでてきた。

「うん、聞いているよ。それで？」

ふれた肌の感触に鼓動がはねて、けれど、優しくうながしてくるまなざしに強《こわ》ばりがほどけた。

だからシュゼットは自然に笑みをこぼすことができた。

「あなたはとても、優しい人だから」

「――」

青年はどうしてか息を飲んだようだった。シュゼットの頬に手をふれたままつぶやく。

「俺が、優しい？」

「自分を振った相手をあんなふうに気遣うなんて、なかなかできることじゃありません。わたしには、できなかった……」

前世を思いだしてシュゼットの胸が痛んだ。同時にいよいよ酔いがまわってきて、足から力が抜けていく。

彼はシュゼットを抱きとめながら言った。

もちろん最後のほうを実行する気はまったくない。

ロア伯爵家のひとり娘であるシュゼットは、両親から溺愛されて育ってきた。つややかな黒髪を腰まで伸ばし、おなじ色の大きな瞳と透けるように白い肌をした少女であった。

万人の目を引くような華やかさはないけれど、黒目がちな瞳とすんなり伸びた手脚には神秘的な雰囲気があると言われたことがある。

だからといって取り澄ますこともなくまっすぐに育ったので、両親は「社交界にでればすぐにでも縁談が舞い込む」と思っていたようだ。肝心のシュゼットに結婚願望がないなんて、想像もしていないだろう。

今回の夜会は、両親の強いすすめがあってしぶしぶ出席したものだった。十七歳になるシュゼットは、社交場にでる時期をこれ以上引き延ばすことができなかった。

けれど、男性からダンスの誘いを受けても言い訳をして断ってしまう。それが何回か重なってごまかしきれなくなったので、付添人である叔母の目を盗んであの庭へ逃げ込んだのだ。

しかし、その場所で他人の失恋現場にでくわすなんて思ってもみなかった。

(つくづくわたしは失恋と相性がいいなぁ)

自分自身にあきれてしまう。

(でも、振られていたあの男の人はすてきだったな。イケメンだったしいい声してたし、なにより優しい人だった)

ああいう男性と恋ができたら幸せになれるのかもしれない。けれど、あんなにすてきな男性が自分を選んでくれるはずがない。

ただ――そういう人でも、振られてしまうのだ。

恋愛はむずかしい。

わたしにはむりだ。

今世においてシュゼットは、恋をすることを早々に手放していた。


小鳥の声がきこえる。

閉じたままのまぶたの向こう側が明るい。

もう朝がきたのか。目を覚まさなければと、シュゼットはぼんやりと思う。

「ん……」

起きなければならないのに、重たい頭痛がまとわりついているせいで、まぶたが持ち上がらない。

頭だけでなく体全体がだるかった。とくに下肢のあたりがしびれていて、感覚があいまいだ。

シュゼットは寝返りをうとうとして、できないことに気がついた。

なにかが体に巻きついている。背中と腰のあたりにだれかの熱い素肌が――両腕がふれている。

だれの？

「おはよう、シュゼット」

甘い響きの声とともに、やわらかいなにかがひたいに押しあてられた。いっきに目が覚める。

「え……ええ!?」

「寝顔もとてもかわいかったよ」

「ね、寝顔？　えっ、待って、ちょっと待って、あなた、昨日のイケメンさん……!?」

「その呼びかたも悪くはないけれど、昨夜は俺の名前をちゃんと呼んでくれたじゃないか。ほら、このかわいいくちびるで」

くちびるを指先でたどられて、その甘いしぐさにシュゼットは腰を抜かしそうになる。

「ま、待っ……！」

「ん？」

「あ、あの、わたし、昨夜のことぜんぜん」

なにも覚えていない。ここがどこで、どうして彼といっしょに寝ているのか見当もつかない。

青年は、端整な顔に笑みを浮かべたまま告げた。

「覚えていなかったとしても、この状況を見ればなにがあったかくらい、わかりそうなものだろう？」

顔から血の気が引いた。

男性の両腕に囲われた自分を——真っ白な上掛けが申し訳程度にかけられている自分の体をおそるおそる見下ろしてみる。

素っ裸だった。

「な……な……！」

「むり強いはしなかったけれど、言い訳もしないよ」

こんな状況なのに、彼は、じつにさわやかにほほ笑んでシュゼットの頬に口づけてくる。

「昨夜のきみはとてもかわいかった。あんなふうに愛らしく情熱的に求められれば、男の理性はかたなしだ」

「も、求め……!?　だ、だれが、どんなふうに」

「具体的に言おうか？　俺の下で瞳を潤ませながら『もっとちょうだい』っておねだりを」

「ストーップ！　そこまで！　そーこーまーでー!!」

あまりの羞恥に耐えきれず手足をジタバタ動かした。すると青年の腕がゆるんだので、シュゼットはガバッと起き上がる。

「わ、わたし、ぜんぜん覚えていなくて。なんでこんなことになってるのか、ぜんぜんわからない……！」

上掛けを体に巻きつけながらシーツの上をあとずさる。混乱しすぎて涙までにじんできた。

青年も起き上がって（当然のごとくなにも着ていない）、髪をかきあげながら苦笑をにじませる。

「その反応を、予測していなかったわけじゃないけれど――」

彼の手が伸びてきて、シュゼットのつややかな黒髪をひとふさ取る。男らしい大きな手にシュゼットはどきりとした。

「少しこたえるな。俺は昨夜、やっと自分の生きるべき道を見つけたと思ったのに」

青い瞳がせつなさをはらんだ。

きれいな面差しに朝の光がさして、シュゼットは目をそらせなくなる。やっとのことで声を押しだした。

「道、って？」

ふと、青年は微笑する。

「きみのことだよ、シュゼット。でなければ昨夜のようなことはしない」

やっと付きあうことのできた大学のテニスサークルの先輩は、なんと他校に彼女がいた。シュゼットは、本命ではなく浮気相手だった。

社会にでてからはもっとひどいことがあった。このことはもう思いだしたくもない。

(まともに男の人と付きあえたこと、なかったな)

恋愛のプロセスはひととおり経験したが、それが幸せにつながることはついになかった。

(前世では、見た目と性格は特別いいってわけじゃなかったけど、特別悪くもなかったのに)

友人たちからは、「あんたは男運がないんだよ」といつもなぐさめられていた。

たしかにそれも一因だったかもしれない。しかし、結局のところ女性としての魅力が自分に欠けていたことがいちばんの原因だろう。

けれど、その男性たちにシュゼットは毎回心から恋をしていたのだ。

振られたときの痛みは今世においても生々しく残っていた。ほかの記憶はあいまいなのに、どうしてか失恋の悲しみだけは心に深く刻み込まれている。

(あんな思いをするのはもういやだ)

恋愛なんてつらいことばかりだ。

もう恋なんてしたくない。

かんたんなことだ。だれかを好きにならなければ、失恋しなくてすむ。

(幸い、今世のわたしはお金持ちのお嬢さんだから結婚しなくても生きていくのに困らない。たとえばの話、まちがって子どもができちゃったとしても、女手ひとつで育てることだってできるくらいだ)

たグラスをふとしたはずみで落としてしまった。

グラスの割れる甲高い音が耳をつんざいた直後に、シュゼットは前世を思いだした。なぜこのタイミングで思いだしたかというと、それは前世の死因によるものだと考えられる。

前世のシュゼットは日本という国で女性として生を受け、二十二歳という若さで死を迎えた。会社員（社会人一年目にあたる）として働いていたシュゼットは、コンビニで雑誌を立ち読みしていたときに、正面のガラスから突っ込んできた乗用車にはねられた。そのときに聞いた破砕音が、グラスの割れる音とリンクしたのだろう。

シュゼットの前世はごくごく平凡なものだった。ごくふつうの家庭に生まれ、ふつうに進学し、そしてふつうに就職をした。

特筆すべきことのない無難な人生だったとシュゼットは自分でも思う。――ただ一点を除いては。

（男の人に振られまくった人生だったなぁ）

夢うつつのなかでシュゼットは、前世の恋愛遍歴をぼんやりと思い起こす。

前世では、好きになった男性には恋人もしくは熱烈に片恋する女性がかならずいた。ゆえに、ずっと振られ続けてきた。

小学一年生のときに経験した初恋の男の子は、担任の先生に恋をしていた。

中学生のときに好きになった先輩は、思いきって告白しようとしたその日にサッカー部のマネージャーと付きあってしまった。

高校時代は、クラスメイトに想いをうち明けた結果「ごめん、ほかに好きな子がいるんだ」と振られた。そのあと彼は、シュゼットの親友とめでたく恋人同士になった。

「ごめんなさい。わたし、重くて」

「いや、きみは軽いよ。気にしないで」

ぎゅっと腕に力がこめられた。彼の吐息が首すじにふれて、シュゼットの肩が小さくはねる。

「ああ……まずいな」

低いつぶやきの意味をシュゼットはつかめない。少しだけ体が離れて、彼の視線が戻ってきた。

「もしかしたらきみは、夜会にでるのはこれが初めて？」

「はい――社交の場にでること自体が、初めてです」

ろれつが怪しくなってきた。彼のテイルコートをつかんでいた指から力が失せて、するりと落ちてしまう。

「だろうね」

軽くため息をつきながら、彼は、すっかり力の抜けたシュゼットを抱き上げた。

「こんな様子で過去に夜会にでていたとしたら、きみは無事じゃすまなかったかもしれない。招待客の独身男にすっかり食べられていた可能性だってある」

力強い安定感のなかで、シュゼットはゆるゆると意識を手放していく。閉ざしたまぶたに、やわらかな感触と幾分か低まった声がふれた。

「さて……このかわいい眠り姫を、どうしようかな」

シュゼットが前世について思いだしたのは、十歳の夏のことである。

その日は自分のバースデーパーティーがひらかれていたのだが、シュゼットは、ジュースの入っ

「きみには、過去に想う男が？」

彼の青い瞳がかげったように見えたのは気のせいだろうか。

（いけない。前世のことはだれにも言っちゃいけなかったのに）

シュゼット・ロアとして生を受ける前、シュゼットは、日本という国で別の人生を送っていた。

そんなことを話したって信じてもらえないに決まっている。頭がおかしい子だと思われるのが関の山だ。

けれど、彼の澄んだ青色の瞳に見つめられるとうそがつけない。すべて見破られてしまいそうに感じるからだ。

意識を朦朧《もうろう》とさせながら、かすれる声でシュゼットは言う。

「過去……なのかどうかは、わからないけど。でも悲しい思いをしたことは、あります」

「そう」

彼の、かたちのいい眉がわずかによせられた。

「ばかだな、その男は」

ぽつりと落とされた独白をシュゼットが理解するより先に、彼はシュゼットを抱え直した。さっきよりも深く抱きよせられたような気がする。

どきりとして、それから、この状態は危険なのではないかとシュゼットは思った。けれどすぐに否定する。

（こんなにすてきな人が、わたしなんかをどうにかしようなんて考えるはずない）

女性的な魅力が自分には皆無なのだ。前世の経験からシュゼットはそれを充分に思い知っていた。

彼がなにを言おうとしているのかわからない。

真摯な瞳で彼はシュゼットを見つめてくる。

「俺は、いっときの感情でこんなことはしない」

彼は、手のなかの黒髪にくちびるをよせた。

肌にキスをされたわけではないのに、やわらかい熱がふれたように感じた。

「今日これ以降も、きみのそばにずっといさせてくれないか」

それはまるでプロポーズのようだった。

シュゼットの思考回路は、予想をはるかに超えた事態に停止してしまう。

青年は甘い微笑を浮かべながらも、情熱的な光をはらむ瞳でシュゼットを見つめた。

「好きだよ、シュゼット」

「す、す、すきって」

「きみが好きだ」

ひたむきな声で告げられて、シュゼットの頬がいっきに熱くなる。

信じられない。

昨夜会ったばかりの人から告白されるなんて、つい昨日まで考えもしなかったことだ。

しかも相手はこんなにすてきな男性である。

(前世では振られ続けてばかりだったのに、こんなことが起こるなんてうそみたい)

あまりのことにシュゼットはぼうっとしてしまった。しかしその直後、シュゼットの脳裏に昨夜のできごとがはじけた。

舞踏会場の庭、茂みの向こう側で交わされていた会話が思いだされてくる。

あのとき彼は想い人に振られていた。

（この人は失恋したばかりのはず）

それを思いだした瞬間、シュゼットの気持ちは急速にしぼんでいった。

（ああ、なんだ。そういうことか）

昨夜寝たのも、こうして愛を告げるのも、すべて失恋の痛手を癒《いや》すためだろう。

はけ口にされただけだ。

前世となにも変わらない。

（やっぱり恋愛なんて大きらい）

シュゼットはくちびるを噛みしめる。彼から目をそらすようにうつむいていると、しばらくの沈黙ののち、彼が身動きをする気配がした。

「返事は急がないよ」

顔を上げると、彼はベッドから降りてガウンを着ているところだった。思いのほかたくましい胸筋が目に入ってきて、シュゼットの顔がまた赤らんでしまう。

（ときめいちゃだめ。この人は、手近なところで失恋を癒そうとしてるだけなんだから）

よく考えなくても、この男性のしたことは最低だ。

「そのかわり、イエスという返事がもらえるまで、きみを口説き続けるけれど」

窓から降りそそぐ日差しに、彼の金髪がきらきらと輝いていた。

透きとおるような青い瞳も、聞き心地のいい涼やかな声も、彼を構成するすべてを魅力的に感じもちろん最後のほうを実行する気はまったくない。

ロア伯爵家のひとり娘であるシュゼットは、両親から溺愛されて育ってきた。つややかな黒髪を腰まで伸ばし、おなじ色の大きな瞳と透けるように白い肌をした少女であった。

万人の目を引くような華やかさはないけれど、黒目がちな瞳とすんなり伸びた手脚には神秘的な雰囲気があると言われたことがある。

だからといって取り澄ますこともなくまっすぐに育ったので、両親は「社交界にでればすぐにでも縁談が舞い込む」と思っていたようだ。肝心のシュゼットに結婚願望がないなんて、想像もしていないだろう。

今回の夜会は、両親の強いすすめがあってしぶしぶ出席したものだった。十七歳になるシュゼットは、社交場にでる時期をこれ以上引き延ばすことができなかった。

けれど、男性からダンスの誘いを受けても言い訳をして断ってしまう。それが何回か重なってごまかしきれなくなったので、付添人である叔母の目を盗んであの庭へ逃げ込んだのだ。

しかし、その場所で他人の失恋現場にでくわすなんて思ってもみなかった。

(つくづくわたしは失恋と相性がいいなぁ)

自分自身にあきれてしまう。

(でも、振られていたあの男の人はすてきだったな。イケメンだったしいい声してたし、なにより優しい人だった)

ああいう男性と恋ができたら幸せになれるのかもしれない。けれど、あんなにすてきな男性が自分を選んでくれるはずがない。

ただ——そういう人でも、振られてしまうのだ。

恋愛はむずかしい。

わたしにはむりだ。

今世においてシュゼットは、恋をすることを早々に手放していた。


小鳥の声がきこえる。

閉じたままのまぶたの向こう側が明るい。

もう朝がきたのか。目を覚まさなければと、シュゼットはぼんやりと思う。

「ん……」

起きなければならないのに、重たい頭痛がまとわりついているせいで、まぶたが持ち上がらない。

頭だけでなく体全体がだるかった。とくに下肢のあたりがしびれていて、感覚があいまいだ。

シュゼットは寝返りをうとうとして、できないことに気がついた。

なにかが体に巻きついている。背中と腰のあたりにだれかの熱い素肌が——両腕がふれている。

だれの?

「おはよう、シュゼット」

甘い響きの声とともに、やわらかいなにかがひたいに押しあてられた。いっきに目が覚める。

「え……ええ!?」

「寝顔もとてもかわいかったよ」

「ね、寝顔？　えっ、待って、ちょっと待って、あなた、昨日のイケメンさん……!?」

てしまう。見た目だけでなく、やわらかな言葉遣いや優しげなまなざしにもときめいてしまう。

(だめ。最低男を好きになったって、先が見えてるから絶対だめ！)

「とりあえず朝食にしないか？　きみの好きなものを用意させるよ」

――逃げなくちゃ。

このままずるずると流されていったら前世のような痛い目にあう。

シーツの上をじりじりとあとずさって、上掛けを体に巻きつけたままシュゼットはベッドから降りた。

(この部屋から――この人のところからでて、家に帰らなくちゃ)

彼と視線が重なって、それから沈黙が落ちる。自分の表情がひどくこわばっていることは自覚していた。

やがて彼はほほ笑んだ。

「その姿のままではいけないよ」

こちらの気持ちを見透かすように言いながら、扉のノブに手をかける。

「メイドにドレスを用意させるから、ここで待っていて。姉のドレスしかなくて申し訳ないけれど。着替えが終わったらいつでも逃げるといい」

「わ、わたしは、あなたの告白は信じない。だっておかしいじゃない。わたしたちは昨日会ったばかりなんだよ」

やっとのことでそれだけを主張する。

しかし、彼はほほ笑みを消さなかった。

「いまはそれでもいいよ。俺は急がないと言ったろう？」

そう言われてしまうとシュゼットはなにも返せなくなる。

「きみが振り向いてくれるのを待つのに、生涯をかけたっていい」

――なんてことを言うのだ、この人は。

シュゼットが完全に言葉を失っていると、ふいに彼は、やわらかな面差しに淡い影をよぎらせた。

「ただ、ひとつだけ謝らせてほしい。きみが初めてだと最後まで気づかないまま抱いてしまった」

初めて。

その言葉に、シュゼットは息を呑んだ。

（そうだ。前世はともかく、今世のシュゼットはまだしたことがないんだっけ――）

すっかり失念していた事実にがく然とする。

彼は、静かな声で続けた。

「きみの反応のひとつひとつが初めてだとは思えなかったんだ。きみには過去に想う相手がいたようだし、そのことに俺はみっともない嫉妬を抱《いだ》いたわけだけど――すまなかった。優しく抱いたつもりだけど、初めてのきみには荒々しく映ったかもしれない。怖い思いをさせていたらごめん」

（でも、昨夜のことはなんにも覚えてないし――）

そんなことより、シュゼットにとっては自分がすでに処女でなくなってしまったことのほうが衝撃だった。

この国では、性に奔放な女性は好まれない。

男女の行為は夫となる男性としか、してはならないとされている。

「きみは昨夜に俺の名を何度も呼んでくれたけれど、きっと忘れているだろうからもう一度伝えておくよ。俺の名前はフィンだ。覚えておいて」

「フィン……」

反射的につぶやいた名は、たしかに体になじんでいるような気がした。

「後日手紙を送るよ。またきみに会いたい」

ぼう然と立ちつくすシュゼットを背に、彼は静かに部屋をでていった。


ごていねいに彼は――フィンは、帰りの馬車も用意してくれていた。箱馬車にしるされた家紋を見て、シュゼットは腰を抜かしそうになった。

(これって、ブルーイット家の――侯爵家の家紋じゃない!)

数ある名家のなかでも、名門中の名門だ。

「フィン……フィン・ブルーイット……!?」

走りだした箱馬車のなかで、シュゼットは蒼白《そうはく》になった。

記憶があいまいだが、ブルーイット家の長男がそのような名前だったような気がする。

「うそでしょ……」

シュゼットの生家であるロア伯爵家は、名家とまでは呼べないまでも、他家と比べてさほど見劣りするような家ではない。

けれど、ブルーイット侯爵家となると話は別だ。初代当主は王族の出で、さらに現当主の娘（おそらくフィンの姉だと思われる）は、王太子の婚約者のはずである。

（そんな大物が……社交界でもトップクラスの貴公子が、どうしてわたしなんかにプロポーズしてくるの）

どう考えてもありえない。昨夜の出会いは淑女として完全に失格だったからだ。

アルコールと前世の記憶に任せてベンチの上に立ち上がり、ベラベラとしゃべりまくったあげく酔いつぶれて寝てしまったのだ。加えて、茂みに隠れて彼らの会話を盗み聞きしていたというはしたなさである。

（もしかして、フィンさまは相当なゲテモノ好き……!?）

ひとしきり混乱したあと、シュゼットは結局いつもの考えにたどりつく。そうしてやっと落ち着きを取り戻すことができた。

それはつまり、自分はモテないし最終的にはかならず振られるという事実である。

心地よい馬車の振動に揺られながら、肩から力を抜いて背もたれに身をあずけた。

「そうだよね。そもそも、あんなにすてきな男の人がわたしに本気でプロポーズしてくるわけないよね」

高貴な紳士による一夜のお遊びだろう。

あの容姿にあの立ち居ふるまいだ。女性にモテないわけがない。

（傷心の場にたまたま居あわせたのがわたしだったってことだよね。きっと、だれでもよかったんだ）

前世のパターンを今世でもたどっただけだ。

このことはさっぱり忘れてしまおう。

フィンの指摘するとおり性行為は初めてだったけれど、前世では経験していることだからこだわるのもおかしく思えた。

――すまなかった。

真摯な声で謝罪する彼を思いだして、シュゼットは眉をよせる。

彼の謝罪は、シュゼットの処女を奪ったことに対してのものではなかった。シュゼットが初めてだということに気づかず、心遣いができていなかった可能性について謝っていた。

(だからつまり――わたしを抱いたこと自体には、後悔はまったくないってことだよね)

それを堂々と主張するあたり、彼はくせ者だ。

女性に振られた直後にシュゼットを抱いて、その翌朝には情熱的な瞳で好きだよとささやいてくるなんて、相当の手練《てだれ》れにちがいない。

「ああ、もう！　これ以上思いだしたらだめ！」

首を振って頭のなかからフィンを追いだし、それからシュゼットはため息をついた。

結局のところ、シュゼットに残されたのは処女ではなくなったこの体ひとつだ。

(記憶が少しもないから、実感がわかないな)

でも、下肢の奥のしびれるようなうずきは、たしかに処女を散らしたあとの感覚だと思われた。

(だれとも結婚するつもりはなかったから……それでもいいけれど)

この国が貞操観念に厳しくても、結婚しないのであればなんの問題もない。

そう思いながらも、自分自身がうっすらと傷ついていることに気がついた。シュゼットは、フィンの姉のドレスだという上質な生地を無意識に握りこむ。

（優しい人だと、思ったのにな）

フィンは昨夜、自分を振った少女を気遣っていた。彼女に罪悪感を持たせず、今後にしこりを残さないよう言葉を選んでいるように見えた。

（わたしは、前世であんなふうに振るまえなかった）

高校時代、思いきって告白したクラスメイトに「ごめん、きみの友だちが好きなんだ」と断られたときのことだ。その後、彼は友だちと付きあい始めた。

当時はがんばって祝福しようと思ったが、頬が引きつっていたことに気づかれていただろうし、しばらくその友だちの顔を見るたびに胸がしめつけられてつらかった。ふたりの仲のよさに嫉妬して、友だちにそっけない態度をとってしまって自己嫌悪に陥ったこともある。

だからこそ、あのような気遣いを見せることのできるフィンはすごい人だと思った。

優しい人だと思った。

そんな彼が、さみしさをにじませて想い人の背中を見送っている姿は、とてもせつなく感じられた。振られたときの気持ちは痛いほどわかるのだ。

（それなのに、こんなことをするなんて）

フィンが、昨夜どんなふうにこの体を抱いたのか想像もつかない。

たぶん、ひどくはされなかった。着替えのときに確かめたが、痕をつけられるようなことはされていなかったし、むりやり割りひらかれたような痛みもなかったからだ。

「でも、やっぱり……最低だよ」

箱馬車の壁に頭をあずけて、シュゼットはぽつりとつぶやいた。

それにしても、朝帰りである。

伯爵家のご令嬢で、溺愛されて育てられたひとり娘が、生まれて初めての朝帰りである。

昨日の付添人である叔母もふくめてさぞかし大パニックになっていることだろうと、戦々恐々としながらシュゼットは家に帰りついた。

ロア家の門番が御者と言葉を交わしてシュゼットの姿を確かめにくる。「おかえりなさいませ、お嬢さま」とていねいに一礼してから彼は門をひらいた。

門を通り抜けて、ブルーイット家の馬車は見慣れた庭園を進んでいく。花の好きなシュゼットの母親のために、庭にはたくさんの花壇が配されて、やわらかな色彩を咲かせていた。

エントランスの前で馬車がとまり御者が扉をあけたので、シュゼットは重たい気分で馬車から降りた。御者をねぎらったところで、壮年の家令が屋敷から出迎えにくる。

彼は両親の信頼の厚い使用人なので、いくつか小言を言われるだろうとシュゼットは覚悟した。

しかし、いたってふつうの応対をされながら「旦那さまと奥さまがお待ちです」と食堂にうながされた。両親はいま朝食をとっている最中らしい。

これは一体どういうことだろうか。家令は、両親がとてつもなく怒っているのであえて小言を控えたのだろうか。

だとしたら、これから両親に巨大な雷を落とされることを覚悟しなければならない。

シュゼットはびくびくしながら食堂に顔を覗《のぞ》かせた。しかし、両親の反応は想像と正反対のものだった。

「あら、おかえりなさいシュゼット。ずいぶんと早かったのね」

「昼ごろまであちらにいさせてもらうと聞いていたのだがな。どうだ、楽しかったか？」

シュゼットはあぜんとした。

年ごろの娘が朝帰りをしてきたというのに、こののんきな様子はなんだろう。

四十代半ばの父バーナードは三つ揃いのスーツをいつもどおりきっちりと着込み、姿勢を崩すことなくベーコンにナイフを入れている。一方で、三十代後半の母レオノーラは、湯気の立つティーカップにのんびりと口をつけていた。

シュゼットは両親に探りを入れてみる。

「あの、お父さまとお母さまは、わたしが昨夜どこにいたのか知っているの？」

彼らはふしぎそうな顔になった。

「ブルーイット家のお屋敷だろう？　もちろん知っているが」

「今度お礼をしないといけないわね。シュゼット、あなたお茶会をひらいてご招待しなさい」

「お礼……!?」

婚姻前の娘の純潔を奪ってくれてありがとうということだろうか。そんなばかな。

「ねえ、待って。つまり、お茶会にフィンさまを呼べということ？」

すると、両親はいぶかしげに眉をよせた。

「フィンさま？　ああ、ご長男か。あのお方にも礼は必要だが、まずは姉君のほうだろう」

「そうよシュゼット。あなた昨夜、ブルーイット家のお嬢さまと仲よくなって、そのままあちらのお屋敷に泊まらせていただいたのでしょう？」

仲よくなったのはお嬢さまではなくご子息のほうである。いや、仲よくなったという言いかたにはいささかの語弊があるかもしれない。

シュゼットが混乱していると、母のレオノーラはあきれたようにため息をついた。

「昨夜、叔母さまが舞踏会のホールであなたを探していたところへフィンさんがやってきて、そう教えてくださったそうよ。あなた、フィンさんにもきちんとお礼をお伝えした？」

「お伝えしてない……」

なにしろ思いっきり拒絶して逃げだしてきたのだ。

父のバーナードは眉をよせた。

「まったくおまえときたら男性の誘いを断り続けたあげく、仲よくなった女性と会場を抜けだすなど。おまえの結婚を心配している私たちの身にもなってくれ」

実際は結婚を飛び越えてとんでもない事態になっていたのだが。

なんとか気を取り直してシュゼットは口をひらいた。

「その作り話――ではなくて、説明は、本当にフィンさまが？」

「ああそうだよ。叔母さまが言うには、ほれぼれするような美形で物腰もスマートな青年だそうだ。おまえにそういう夫ができればいいのだがなぁ」

「本当にそうねぇ」

「ええと……その話を、お父さまたちはまるっと全部信じたのよね？」

両親はうなずいた。

「おまえの着ているそのドレスは、あちらのお嬢さまのものなんだろう？」

「そうだけれど……」

「こんなにも上質なドレスをいただいてしまって。お返しも考えないといけないわね」

「そうだな、今度商人を呼ぶか。ああそうだ、数日後の舞踏会についてのことだが――」

そうして両親は、別の話題に移りながら朝食に戻っていく。

シュゼットは、ぼう然としたのちフラフラと自室に向かった。

（これは……あれだよね。フィンさまがうまくやったってことだよね）

扉を閉めて、シュゼットはベッドに身を投げだした。

「疲れたー……」

昨夜からいろいろなことがありすぎた。

あお向けに寝転ぶと重だるさが全身にのしかかってくる。シーツにずぶずぶと体が沈み込んでいくようだ。

「お持ち帰りするのに両親にも事前に手をまわしておくなんて。用意周到すぎだよ、フィンさま」

名家の嫡男としてあとあと問題になることを避けたのか。

それともシュゼットが困らないように配慮してくれたのか。

（どっちも、かな）

どちらにしろ手慣れていることはたしかだ。

シュゼットはため息をついた。寝返りをうって目を閉じる。

ドレス姿で寝てしまったら、あとで母親に小言を言われてしまいそうだ。

（でも、もう限界……）

昨夜から今朝にかけてのことは、事故に遭ったとでも思っておこう。早く忘れてしまうのが最善だ。

眠りに引き込まれていく意識のなかに、ふと、彼の声がよみがえった。

『またきみに会いたい』

あれは別れぎわのお約束の言葉だ。もう彼と会うこともないだろう。

どうしてかチクチクと痛む胸を抱えながら、シュゼットは眠りに落ちていった。

しかし、シュゼットの予測はみごとにはずれることになる。

夢も見ないまま熟睡していたシュゼットを起こしにきたのは、ひどくあわてた様子の両親だった。

「おいシュゼット、入るぞ！」

ノックもそこそこに父親のバーナードが扉を押しあけた。シュゼットは、その声にのそのそと身を起こす。

「なあに、お父さま、お母さま」

「まあシュゼット、あなたそのような格好でお昼寝をするなんて」

「ごめんなさい、どうしても眠かったの。いま何時ごろ？」

「お小言はあとでいい。シュゼット、おまえにエスコートの申し出がきているぞ！」

興奮した様子のバーナードの言葉に、シュゼットはいっきに目を覚ました。

「エスコートの申し出？　だれから？」

聞きながら、そして、まさかと思いながらも、脳裏にはひとりの青年の姿が浮かんでいた。

ベッドに腰かけた状態で、乱れた髪を直すこともできないくらいぼう然としながらシュゼットはかさねて聞く。

「お父さま、どなたからなの？」

「いいか、シュゼット」

バーナードは、シュゼットの目の前まで歩みよって両ひざをついた。シュゼットを覗き込むようにして告げる。

「先方は私に宛てて手紙を送ってきた。とてもていねいな文面で、おまえのエスコートの許可をもらいたいと書かれていたんだ。おまえは社交界デビューを果たしたレディだ。このことの意味がわかるな？」

心臓が、痛いくらいに鼓動している。

父の真剣な表情を見つめながらシュゼットはぎこちなくうなずいた。

「ええ、わかるわ、お父さま」

シュゼットは慎重にうなずく。

目あての女性の父親へまず伺いを立てることは、その女性に交際を申し込む上での定石だ。

「かねてから伝えているように、おまえにはだれよりも幸せな人生を送ってほしいと思っている。信頼のおける男性と結婚して愛に包まれた家庭を築いてほしい。それが、私とレオノーラの願いだ」

シュゼットは再度うなずいた。

両親の思いは痛いほどわかっている。

前世ですごした日本であれば、結婚だけが幸せじゃないと突っぱねることもできただろう。しかし、ここは日本ではないのだ。

貴族の子女が目指すのは、自分よりも地位の高い男性との結婚である。それは、生活の安定と立場の保障のために必要なことだった。

だからこそ、両親の思いをシュゼットはむげにすることができずにいた。結婚する気がないということを、彼らに言いだせないままでいるのはそのためである。

（ロア家の次期当主には、分家の男子を養子に迎え入れればこと足りるから大丈夫なんだけど……）

シュゼットが結婚しなくても、家がとだえることはない。

けれどシュゼットの幸せを両親は願ってくれているわけだから、それは問題ではないのだ。

バーナードは、真剣な表情のまま続けた。

「私たちは奥手なおまえを心配していた。本来なら、去年には社交界にでて結婚相手を探すはずだったのに、おまえはまだいやだと言った。しかたなくデビューを今年まで延ばしたが、そのあともおまえはパーティーにはでたくないと言ってきかなかった。そんな状況のなか昨夜にやっと、おまえを舞踏会に送りだすことができた」

結婚する気はないとはっきり言いだせなくとも、シュゼットは、どうしても社交パーティーに――男女を引きあわせるお見合いの場に行きたくなかった。両親には心配ばかりかけている。

ここまできたら、結婚する意思はないとはっきり伝えたほうがいいのだろうか。

シュゼットが思いあぐねていると、バーナードはさらに続けた。

「おまえにエスコートを申しでてきたのは、条件だけを考えれば結婚相手として申し分のない――いや、最上の相手だ。おまえは男女の交際に嫌悪感を持っているようだが、この話を逃す手はない。

もちろん、もっとも尊重すべきはおまえ自身の気持ちではある。けれどやはり、昨夜、おまえをあの舞踏会に送りだして正解だったよ。シュゼット、おまえは見初められたんだ。社交界で、不動の貴公子と呼ばれるほどの紳士に」

その言葉だけで、手紙の主《ぬし》がだれなのかわかるというものだ。

「次の舞踏会は十日後だ。フィン・ブルーイット氏のエスコートを受けなさい」

――あの人の、失恋を癒すためのお遊びはいつまで続くの。

父親にあらがいきることもできず、シュゼットは力なくうなずくしかなかった。

どんなに逃げだしたくても、父親が了承したエスコートを反故《ほご》にするわけにはいかない。

あっというまに十日がすぎて、舞踏会の夜がやってきた。

けれど――とシュゼットは、気持ちを前向きになんとか持っていこうとした。

結局は、自分の心持ちを変えなければいいわけだ。

フィンとは、あたりさわりのない内容の会話を交わしておけばいい。カンのよさそうな人だから、それでシュゼットの気持ちを察してくれるだろう。

(わたしがなびかないとわかったら、次の女性にすぐに気を移すに決まってる)

心が小さく痛むのをよくない兆候だとシュゼットは思う。

(好きになっちゃだめだ)

どうせ傷つく。

あの痛みだけはもう経験したくない。

シュゼットは、今夜の舞踏会のために用意された薄紫色のドレスに身を包んでエントランスにでた。

やわらかな満月が紺碧《こんぺき》にかかっていて、その下にたたずむ彼の姿を美しく照らしだしている。フィンは、漆黒の礼装を身にまとい階段の下でシュゼットを待っていた。

夜闇のなかで彼の青い瞳は静かな光を帯びている。すぐうしろにはブルーイット家の立派な馬車が控えていた。

(初めて会ったときも、きれいな人だと思ったけれど)

きれいなのは変わらないがそういうことよりも、手袋を直すしぐさや、こちらに気づいて顔を上げたときにふとゆるんだ目もとなどに、どうしてか引き込まれてしまう。

シュゼットは、ぎこちない足取りで階段を降りた。フィンがこちらへ歩みよってきたので、シュゼットは彼から思わず目をそらしてしまう。

まともにフィンを見ることができない。

こんなことではだめだ。

シュゼットは思いきって顔を上げた。すぐ目の前にフィンがいて、深い色あいの瞳でシュゼットを見つめている。

「こんばんは、シュゼット」

フィンは、十日前と変わらないほほ笑みでシュゼットに手を差しだした。

この笑顔と優しい声がくせものだ。

シュゼットは、心の揺れをごまかすためになにかを喋ろうとした。しかしうまく言葉を紡げそうになかったので結局沈黙してしまう。

「こらシュゼット。フィン君にあいさつをしなさい」

父の声が突然耳に入ってきたので、シュゼットは驚いた。馬車の横に両親がずっと控えていたらしい。

（ぜんぜん目に入らなかった……。フィンさまのことばかり見てたからだ）

頬が熱を持ち始めたから、シュゼットはあわてて扇を広げて顔を隠した。

フィンはすでに、シュゼットの両親へあいさつをすませていたらしい。両親は、フィンにはごくふつうの態度で接しているが、目の奥にはシュゼットを気にかける色がにじんでいる。

（気を強く持たなきゃ）

自分を奮い立たせながら、差しだされていたフィンの手に自分のそれを重ねた。

「よろしくお願い申し上げます、フィンさま」

「こちらこそ」

フィンがやわらかくほほ笑んだので、シュゼットの鼓動が早まってしまう。

そこへ、バーナードが声をかけてきた。

「ではよろしく頼んだよ、フィン君。無作法な娘ですまないね」

「いえ。今宵《こよい》は僕にとって、これまでいちばんすてきな夜になりそうです」

フィンの返答に、バーナードは安堵したようにうなずいた。シュゼットはというと、ごく自然なしぐさで腰にまわされたフィンの腕が気になってしかたがない。

箱馬車に入るようフィンにうながされる。両親に見送られながら、シュゼットは彼とともに舞踏会場へと出発した。

侯爵家嫡男の乗る馬車は、華美すぎず上品なつくりだった。椅子には手ざわりのいい天鵞絨《ビロード》が張られていて、つめものがたっぷり入っている。

シュゼットはさりげないふうを装いながら、フィンからなるべく離れるためにはす向かいに腰かけた。

先手必勝で声をかける。

「フィンさま。このたびはエスコートのお申し出をいただき、どうもありがとうございました。たった一夜をともにすごしただけのわたしにお声をかけていただき、とても驚いております」

フィンは、まばたきをしたあと困ったようにほほ笑んだ。

「俺がきみに会いたかったから手紙を送ったというだけだ。むしろ、受けてくれてありがとうとこちらがお礼を言いたいよ」

フィンの笑顔は初めて会ったときとかわらない。こちらの警戒や緊張をときほぐすような包容力がある。

「それに、驚かれるのも心外だな。言ったろう？　きみに会いたいから、手紙を書くと」

シュゼットは、警戒心を強く保ちながらそっけない態度を続けた。

「寝物語だと認識しておりましたので」

「ふふ、俺をそういう男だときみは思っているんだね」

フィンに気分を害した様子はない。

「その誤解はおいおい解いていくとして、シュゼット。今日のきみは、前会ったときよりもずいぶんよそよそしいような気がするんだけど？」

「先日は酔っておりましたので、フィンさまに対して無礼な口をきいてしまいました。申し訳ございませんでした」

「わかりやすいうそをつく」

ほほ笑んだままフィンは長い脚を組んだ。シュゼットはぎくりとする。

「うそなどついておりません」

「きみは俺を警戒しているんだろう？　恋愛はもうこりごりと言っていたから、今夜の誘いは断りたかったはずだ」

知らせなくていいことを彼に打ち明けていたのを思いだした。酒に酔った自分をシュゼットは後悔する。

「ちがいます。あのときは、酔っていたせいで思ってもいないことを言ってしまったのです」

「けれどきみは、心配してくれる両親の手前、俺の申し出を断りきれなかった」

シュゼットの言葉を流すかたちでフィンはさらりと言った。ふと、彼の表情にわずかに自嘲がにじむ。

「そうと知っていて、きみに手紙を送ったんだ」

「ど、どうしてそんなこと」

「ごめん。こうするしかなかった」

フィンの腕が伸びて、動揺するシュゼットの手を取った。

手袋に包まれた互いの手が重なり、シュゼットはどきりとする。

「会わなければ、きみに俺を好きになってもらえないだろう？」

馬車が揺れた。

フィンの青色の瞳が、熱を秘めてシュゼットを見つめている。

「わ、わたしは、もう恋愛なんて」

恋愛なんてしないし、あなたのことを好きにもならない。

はっきりとそう告げなければならないことはわかっている。

けれどフィンの瞳がそうさせてくれない。強い力でひっぱられるように、目を――心を、そらすことができない。

「シュゼットを抱いたとき、俺は、きみのことがかわいくてしかたなくて、この上なく優しく抱いたつもりだった」

この人は毎回、とんでもない爆弾を落としてくる。

「けれど、きみのことを振ったという見も知らぬ男のことが――きみが恋していたという男の影がチラついて、嫉妬心がでてしまったことも否定しない。これから先ずっとシュゼットの瞳に俺だけが映り続ければいいのにと欲深い願いを持ってしまった」

「どうしてそこまで。理由がぜんぜんわからないです」

シュゼットは混乱しながら首を振った。フィンは静かに笑みを深める。

「信じられない？」

「だって、一度会ってほんの少ししゃべっただけなのに」

「あの夜きみは俺を救ってくれたんだよ」

小さな窓から降る月光に、フィンの金髪が淡く照らしだされている。

まなざしには静かな情熱がこめられており、見つめられているとシュゼットの肌がチリチリと熱を帯びていくようだった。

「きみは知るよしもないだろうけれど、たしかに俺を救ってくれたんだ」

優しくかさねられた言葉に、けれどシュゼットの心臓はずきりときしみをあげた。

(失恋の痛手から、わたしがあなたを救ったってこと?)

以前から続いていたこの痛みが、彼と再会してからさらに強くなった。その事実にシュゼットは追いつめられそうになる。

「ああ、またその顔だ」

フィンが苦く微笑する。

「過去の男がきみをそんな顔にさせるの?」

自分はいったいどんな顔をしているのだろう。

わからなくて、シュゼットは首を振った。

「ちがう……、ちがいます」

「許しがたいな」

ささやかれて、彼の手が頬にふれる。

「きみが好きだよ」

痛いくらいに鼓動が早まっている。シュゼットはもうどうすればいいのかわからなかった。

どうすればいいのかわからなくて、ただ、顔をうつむけた。

「シュゼット」

甘くかすれる声が肌をなでる。

「顔をあげて」

あらがったはずだった。

けれど気づいたら、指であごを掬《すく》い上げられくちびるをかさねられていた。

「つ、……」

「十日前、俺の部屋で夜をすごして、そのあと体は大丈夫だった？」

くちびるを少しだけ離してフィンは問う。青い瞳に気遣わしげな色が揺れていて、シュゼットはなんとか首をふった。

「大丈夫、でした」

「体に変調はない？」

そういえば昨日、月のものが終わったばかりだ。けれどそんなことを男性であるフィンに告げる必要はない。

シュゼットは数秒沈黙したあとにうなずいた。

「大丈夫です。なにもありませんでした」

「……そう。よかった」

「かさねてお聞きになるなんて、フィンさまは心配性ですね」

そう指摘すると、自嘲するような笑みをフィンはにじませた。

「となりにおいで」

シュゼットの腰に彼の腕がからんで抱きよせられる。

はす向かいに座っていたシュゼットは、かんたんに彼のとなりに移されてしまった。

「だめ、フィンさま……っ」

「フィンでいい」

性急な様子で告げられて、くちびるをまた重ねられる。とっさにフィンを押し返そうとしたけれど、たくましい両腕に抱きすくめられて身動きがとれなかった。

口づけがさっきより深い。

本能的な恐れを感じて、けれどふれられた箇所からうずくような熱が生まれて、シュゼットは肩をふるわせた。

「や、っあ、フィンさま――」

「迎えにいったとき、きみをひとめ見たときから伝えたかったことがある」

くちびるを甘く食んで、かすれた声でフィンは告げる。

「今夜のドレス姿も、夜露に光る紫陽花《あじさい》のようでとてもきれいだ」

熱い恋情をはらむ瞳に見つめられて、シュゼットは動けなくなる。

くちびるがまたふれて、力強く抱きしめられて、シュゼットはあらがうすべを失った。

馬車はやがて舞踏会場にたどりついた。

天井の高いホールでは、着飾った紳士淑女らがなごやかに談笑している。シャンデリアは繊細にきらめき、磨き上げられた大理石の床はいろとりどりのドレスを映しとり、夢のように華やかな空間が広がっていた。

（それにしても、この人はものすごく油断ならない……！）

手慣れたしぐさで優雅にエスコートをしてくるフィンを横目で見つつ、その思いをシュゼットは新たにする。

心をよほどしっかり持たないと、あっというまに流されてしまうだろう。箱馬車内という密室でキスを許してしまったことがいい例だ。

（キスを許したというか――わたし、ちゃんと抵抗したよね）

やめてという意思表示をしたはずだ。それなのに聞き入れられず、甘い言葉をささやかれて抱きしめられてしまった。

（しかもさっきから、ほかの男性とぜんぜん踊らせてもらえないし）

舞踏会において、おなじパートナーと何度も踊ることはマナー違反にあたる。

しかしフィンは、シュゼットの腰に腕をまわしてがっちりとガードし、ほかの男性が誘いにきても笑顔であしらってしまうのだ。

フィンの友人とおぼしき男性が声をかけてきたときは、こんな感じであった。

「ずるいじゃないかフィン。このように可憐なご令嬢をひとり占めしているのは罪が重いよ。はじめまして、レディ。もしよろしければ、この私と一曲踊っていただけませんか？」

「ああすまない。彼女は、これが二度目の舞踏会でとても緊張しているんだ。そっとしておいてあげてくれないか」

「緊張なら私がほぐして差し上げて」

「バルコニーへ涼みにいこう、シュゼット」

そうしてシュゼットを、男性の目から隠してしまう。

(な、なんなのいったい)

失恋の痛手を癒すためというには、がんばりすぎではないだろうか。これでは、会場にいる人たちにフィンとシュゼットが恋人同士だと誤解されてしまう。

フィンと一曲踊って――ため息がでるほど完璧なリードだった――、彼のすすめでシュゼットは壁ぎわによった。

「シュゼットは、こういう場はあまり好きではない？」

フィンは、給仕からグラスを受けとってシュゼットに手わたしてくる。酔わせてまたお持ち帰りをするつもりなのかと訝《いぶか》ったが、グラスの中身はフルーツジュースだった。

フィンはあくまでも紳士なのだ。あの一夜を除くかぎりは。

「好きではないというか、にがてなのです」

グラスに口をつけながら、シュゼットは答える。

きれいな音楽やダンスは好きだ。男性を紹介されたくないから社交場を避けているだけなのである。

フィンは、ワインを口にふくみつつ笑みを浮かべた。

「そう。それはよかった」

「よくはないと思いますけれど」

「俺はきみをこんなところに連れてきたくはなかったからね。手順を踏むために父君に申し入れたというだけだよ。心の内では、いますぐにでもシュゼットを馬車に押し込みたい衝動と戦ってる」

さわやかな顔でとんでもないことをまた言いだした。

シュゼットは、動揺しつつも応戦する。

「でっ、でも、こういう場を得意とするほうがいいにきまっています。社交の場でスマートに振まえる女性は一目置かれますもの」

「これ以上目立ってどうする気なの、シュゼット？」

フィンは、くすくす笑いながらシュゼットの髪に指をからめた。彼の体温が頬をかすめて、肌がざわめいてしまう。

「欲ばりだな。この場にいる独身男のほとんどが、きみをダンスに誘いたくてそわそわしているというのに」

「それは、フィンさまの勘ちがいです……！」

そうは言うものの、シュゼットもじつは、この舞踏会で男性の視線を――それが好意的なものかどうかは別として――もっとも集めているのは自分ではないだろうかと思って恐々《こくとう》としていた。

このような場を避けてきたせいでいままで気づかなかったのだが、黒髪・黒瞳と白い肌のコントラストがどうやら悪目立ちしているようなのだ。

淡い色のシンプルなドレスを選んでしまったことも要因かもしれない。華美に着飾る貴婦人たちのなかで、シュゼットの静かな雰囲気はあきらかに浮いている。

（というか、わたしが目立ってるいちばんの理由はフィンさま、あなたですから……！）

社交界一の貴公子にがっちりと囲われながらエスコートされているのだ。目立たないわけがない。

「きみをねらう男たちを俺が何度追い払ったと思っているの。でも、手をだそうとする者は今日をかぎりにいなくなったと思うよ」

それに関してはたぶん、フィンの勘ちがいではないだろう。

最初こそ、少なくない数の男性がシュゼットをダンスに誘ったり会話を交わそうとしたりしていた。けれどいまではすっかりとだえてしまっている。

「あの、フィンさま」

「ん？」

「もしかして、そのこともねらってわたしを舞踏会に連れてきたのですか？」

「ああ、それはもちろん。前回、俺がきみを真っ先につかまえることができたのはまったくの偶然だったからね。幸運だったよ。もしあの時間に俺が庭に行かなかったら、ほかの男がきみを連れさっていた可能性もあるわけだから」

「そんなことするのはフィンさまくらいだよ」

シュゼットが思わずあきれた口調で言うと、フィンはうれしそうに笑った。

「きみのそういうくだけた言葉遣い、好きだよ」

「フィンさまはモノ好きですね？」

「ついでに『さま』をとってくれると、もっとうれしいんだけど」

「だめです。年齢もちがうし、家柄だってぜんぜんちがうし」

「いいじゃないか、そうしてほしいって俺が言っているんだから」

優しくほほ笑んでフィンは言う。

壁燭のあかるい光に金色の髪がつやめいて、色香をはらんだ魅力をいっそう引き立てていた。

（イケメン有罪、見つめてちゃだめだ）

シュゼットは、意思に反して高まる胸をごまかすために、グラスに口をつけつつ視線を横にそらした。

すると、長く伸びた黒髪を横からつんと引っぱられる。

「シュゼット？」

この甘い声もだめだ。

この上なくやっかいだ。

そろそろと視線をフィンに戻すと、彼は「やっとこっちを見た」と言って笑う。

（もう、なんてうれしそうな顔をするの！）

目があったらうれしそうに笑うなんて、ずるいことこの上ない。

「フィンって呼んでごらん」

「……」

「ほら、シュゼット」

「……。フィン」

シュゼットはついに負けてしまった。

心のなかで敗北感にうちひしがれていると、フィンが頬に軽くキスをしてくる。

「――!?」

「ああ、ごめん」

飛びはねてあとずさるシュゼットを見て、悪びれもせずにフィンは笑う。

「シュゼットがあんまりかわいかったから、つい」

「ついじゃなくて！　ここ、人がたくさん！」

「俺たちのことを恋人同士だと周囲は思っているわけだから、多少のことは大丈夫だよ」

「キスが多少のことなの!?」

「なんなら、どこまで大丈夫かためしてみる？」

フィンの腕がするりと腰に巻きついてきたので、シュゼットはまたしても飛び上がった。

「だ、だめ！　だめです！」

「ふふ、忘れっぽい子だねシュゼットは。俺に敬語はいらないと言ったろう？」

抱きよせられて、耳もとでささやかれる。シュゼットはあわてた。

「わかったから、フィン……！　敬語も使わないし、フィンって呼ぶから！」

「耳まで赤くして、かわいいな。雪のような肌だったのに、いまは林檎《りんご》みたいだ」

いったいなんなのだろうか、この事態は。

シュゼットは、腕をつっぱってフィンを引きはがした。

「もう、この女ったらし！」

「ひどいな」

あっけなく体を離して、フィンはくすくすと笑う。

「そんなことを言われたのは生まれてはじめてだよ」

「あんまり軽い言動をしてると、不動の貴公子の名が泣きま——泣くよ」

「へえ。その呼び名、知っているんだ」

ふいに、フィンの気勢が削がれたような気がした。

「わたしの父がそう言っていたの」

「ああそうか、そういうことか」

「気にさわったのならごめんなさい」

本人の気に入らない二つ名だったのかもしれない。

しかし、フィンは軽く肩をすくめた。

「気にさわってなんかいないよ。社交界に疎そうなきみからでた言葉に、ちょっとびっくりしただけだ」

シュゼットはフィンをうかがった。

「でも、ちょっぴり気にしてるんだよね？」

「いや。気にしていない」

「うそ、気にしてる。いつもの軽口がでてこないもん」

「こら」

ふに、と彼のひとさし指がくちびるに押しあてられた。

「あんまりしつこいと、ここにキスするよ」

シュゼットはあとずさった。

「ひ、卑怯《ひきょう》だよ、フィン」

「なんとでも。さあ、もう一曲踊ろうか」

引いた腰をふたたび抱きよせて、フィンはさわやかにほほ笑む。新たに流れはじめた曲を耳にしながら、シュゼットが白旗を揚げかけたときだった。

「おやおや、これはシュゼット嬢ではないですか」

ろれつのまわっていない男の声が割り込んできた。シュゼットは、どきりとしてそちらを見る。

おそらくアルコールによって頬を赤らめた男性が、ゆっくりとした足取りで近づいてきた。

フィンよりもいくつか年上だろうか。立派な身なりをした男性だが、どこかで見覚えがある。

男性は、決して上品とは言えない笑みをにじませながら、上から下までなめるようにシュゼットを眺めた。

「あいもかわらず可憐なお姿だ……」

下卑《げび》た声にぞくりとする。

とっさに身をひいたら、フィンがシュゼットの前へ一歩でた。

「申し訳ありません、卿。彼女は社交界デビューを果たしたばかりで、あまり男性慣れしていないのです」

「もちろんそれは存じ上げている。なにしろシュゼット・ロア嬢と私は、十日ほど前の舞踏会でめぐりあった仲なのだからね」

シュゼットは、フィンの背後に隠されながらそのときのことを思いだした。

彼は、前回の舞踏会のさい、シュゼットにしつこくダンスを申し込んできた人物だ。

男性と関わるのがいやだったので、その場でお酒をがぶ呑みして「酔いました」と言って庭に逃げこみ、そのままフィンにお持ち帰りされた。だからこの男性と踊ることはついになかった。

（それなのに『めぐりあった』って、おおげさな言いかたのような気がするんだけど……）

彼は、フィンをじろじろと眺めまわしたのちに鼻で笑った。

「ブルーイット家のご長男か」

とんでもなく感じの悪い態度だ。

シュゼットはむっとして、思わず前にでようとした。しかしフィンに片腕で制されてしまう。

フィンは、平静な態度で言葉を返した。

「ええ、僕はフィン・ブルーイットと申します。貴殿はクライトン伯爵とお見受けいたしますが
――」

「私はシュゼット嬢とふたりきりで話がしたい。きみは控えてくれ」

フィンの言葉をさえぎるように言って、男は、フィンの背後から彼をうかがっているシュゼットをじっとりと見つめてきた。

その粘つくような視線に、シュゼットは恐怖を覚える。

（なんだか、この人――）

シュゼットは、フィンのタキシードを無意識につかんでいた。

そのしぐさが男の気にさわってしまったようで、彼の表情が険しくなる。

「シュゼット嬢。前回、私からのダンスの申し出をすげなく断ったことをお忘れか」

「覚えています。あのときは、ひどく酔ってしまって……申し訳ないと、思っています」

シュゼットが返事をすると、男の双眸《そうぼう》が歓喜に沸き立った。

「であれば、すぐにこちらへ。私とともにダンスを楽しみましょう。もしよろしければ、ふたりきりでお話をさせていただきたい」

「あの、でも、わたし、今日は――」

「今回もまた断るというのですか？　なんという無礼なお方だ」

歓喜の表情が一瞬で憤怒《ふんど》に変わった。

彼の心情が理解しがたくて、シュゼットはさらにおびえてしまう。

「ごめんなさい」

ぎゅっとフィンの上着をつかむ手に力をこめながら、シュゼットは首をふる。

「お話はできかねます。すみません」

だれとも恋愛をしたくないという以前に、この男性とはふたりきりになりたくない。シュゼットが弱々しく断ると、彼は激昂した。

「なんだと！」

シュゼットはびくりと肩を縮める。周囲がわずかにざわめき始めた。

「ブルーイット家の男とは話ができて、私とはできないというのか！　なんという権勢欲に満ちた女だ！」

怒号をむけられて、シュゼットは恐怖に凍えた。そのとき、ごく冷静な声でフィンが告げた。

「伯爵は、ずいぶんと酔っていらっしゃるようだ」

涼しげな声に冷笑がまじる。

「これ以上の醜態をさらさないよう、このあたりでお控えになったほうがよろしいのではないですか」

「き、きさま……！　きさまには関係ないだろう、そこをどけ！」

「大声をださないでください。僕のたいせつな小鳥がおびえてしまう」

流れるようにフィンが言うと、聞き耳を立てていた様子の貴婦人たちからうっとりとしたため息がもれた。

「まあフィンさま、身を挺してかよわいレディをかばわれて……」

「対する紳士は、短気で有名なクライトン卿ですわよ」

「舞踏会の場で無粋に騒ぎ立てるようなことは、おやめになっていただきたいですわね。その点フィンさまのスマートなことといったら」

波が広がるように、男のほうへ非難が集中していく。

彼がひるんだところをねらいすますように、フィンがおだやかに告げた。

「どうぞお引き取りを」

「――失礼する！」

忌々《いまいま》しげに舌打ちをして、男はホールから立ち去っていく。

シュゼットの視界から彼の姿が消えて、こわばりっぱなしだった指先から力が抜けた。フィンの上着から手を離す。

フィンがこちらを振り返った。

「シュゼット」

両頬をてのひらで包まれて、気遣うように見つめられた。

「もう大丈夫だよ」

シュゼットはぎこちなくうなずいた。フィンは、青色の瞳を細めて優しくほほ笑む。

「怖かったね。もう大丈夫だから」

「ごめんなさい、わたし」

シュゼットの声がふるえた。

前回の舞踏会で、無責任に逃げだしたことが悪かったのだ。

自分が情けなくて、自責の念でいっぱいになる。

「ごめんなさい。フィンに、迷惑をかけてしまって」

「迷惑なんかじゃないよ」

フィンは、シュゼットの頬を指先でなでる。

「予想の範囲内だ。どうってことないから、気にしないで」

「予想……？」

「酔っぱらった状態で庭へ逃げてきたと聞いていたから、次の会で言いがかりをつけられる可能性もあると思っていたんだよ。今回のことはね、シュゼット。どの角度から見てもあの男がいけない。社交界にでたばかりの女の子にたいして、おとなの男としてマナーを失している」

それでも落ち込んだ顔をしていると、フィンはいたずらっぽく笑った。

「さて、困ったな。どう言葉をつくしても、きみの笑顔をとり戻せそうにない。キスをしても？」

「キ……!?」

なんの脈絡もない提案に、シュゼットはびっくりする。

「ど、どうしてキスなの」

「恐怖心がほぐれるだろう？」

「だめ、絶対だめ」

「そう力いっぱい拒絶されると、むしろ燃えてくるな」

「だめだってば！　フィン！」

抱きよせてくる腕のなかであわてふためいていると、周囲からほほ笑ましげな声が湧いた。

「あらあら、かわいらしいこと」

「こちらがあてられてしまいますわね」

「なんて初々しいのかしら。わたくしたちも、初恋を思いだしてしまいますわね」

初恋……!?

シュゼットは恥ずかしさに顔を真っ赤にした。これ以上目立たないようフィンの腕のなかでおとなしくなる。

「フィン」

「ん？」

「もう帰りたいんだけど……」

弱々しく訴えると、フィンはくすくす笑ってシュゼットの背をなでた。

「そうだね。少し早いけど、おいとましようか」

帰り道はどうしてか、行きよりも短く感じた。

屋敷の前で、フィンにエスコートされながら馬車を降りる。シュゼットの手をとったフィンは、シルクの手袋ごしにキスを落とした。

「とても楽しい夜だった。ありがとう、シュゼット」

暗がりのなかでもフィンの瞳はきれいに光る。

シュゼットは、それを見つめるだけで胸がせつなくなるほどになってしまった。

「また会いにくるよ。今度は公園で散歩をしようか。それとも、宝石商や仕立屋を呼ぶ？　きみが欲しいものをたくさん買ってあげたい」

惜しみなくそそがれる好意を、けれどシュゼットは、胸の痛みとともに受け流そうと努力する。

(わたしはどうせ、振られるんだから)

ほかの女性に失恋したばかりのフィンを信じてはだめだ。

シュゼットは、視線を下へ逃がしつつ答える。

「うん……また、機会があったら」

「――」

ふいの沈黙ののち、うつむいたシュゼットのこめかみに、あたたかいなにかがふれた。フィンのくちびるだとわかるには、数秒かかった。

「フィン――」

「好きだよ」

夜にしみこむような声でささやかれて、シュゼットの鼓動がはねる。

「好きだよ、シュゼット。きみが許してくれるなら、いますぐにでもきみと結婚したいと思ってる」

高鳴る鼓動とずきずきと痛む心とを、シュゼットは制御できない。

フィンの瞳は透明感を増して、誠実にシュゼットを見つめてくる。

「ずっときみの近くにいたいし、近くにいてほしい。毎日きみに会いたいんだ。いまは答えてくれなくていい。けれど、俺の想いは知っておいて」

とらえられたままの片手が熱を帯び始める。

フィンの手がそこから離れて、ぬくもりが遠ざかるのをさみしいと感じてしまった。

(もしかしたら、今世は大丈夫かもしれないじゃない)

さみしさを噛み殺しながら、シュゼットは思う。

(前世ではだめだったけれど、今世では叶うかもしれないじゃない)

好きな人と結ばれて、ずっといっしょにいられる。

そんな夢のようなことが叶えられるかもしれない。

けれどあの夜の、失恋したフィンのさみしげな表情がよぎってシュゼットをくじけさせる。

やっぱりだめだ。

よけいなことを考えてはいけない。

恋愛をせず、結婚もせず、このままひっそりと生きていくと決めていた。当初の予定をくつがえすようなことを考えてはならない。

「ごめんなさい、フィン。恋人も夫もわたしには必要ないの。だから、わたしのことは放っておいて」

「シュゼット、でも俺は」

伸ばされた手を振りはらうようにして、シュゼットはきびすを返した。彼の声が呼ぶのを無視して屋敷のなかへ駆け込む。

勢いよく扉を閉めたら、父と母が驚いたように駆けつけてきた。シュゼットは、その場に座り込みそうになるのをこらえて両親に笑いかける。

「やっぱりうまくいかなかったわ。フィンさまには、もっとおしとやかでかわいらしい女性がお似あいだと思うから」

両親は、心配そうな表情で互いの顔を見あわせた。


一方、屋敷の外ではひとり残されたフィンが苦笑まじりのため息をついていた。

「また逃げられてしまったな」

シュゼットは、過去の恋愛で痛い目をみたからもう恋をしたくないのだと言っていた。であれば、傷ついた部分を優しく癒すように愛そうとフィンは思っているし、今後、自分が彼女を傷つけるようなことはないとも思っている。フィンには、シュゼットを振るような意思は毛頭ないからだ。

(けれど、あの子が俺との恋愛を拒む理由はそれだけじゃないな)

ここがもっとも頭の痛いところだ。

フィンは、箱馬車の外壁にもたれながら考える。

(きっと俺がジーナに振られたばかりだと、あの子は思っているんだろう)

失恋の傷を癒すために言いよってきているのだと勘ちがいしていると思われる。

その誤解を解くのはたやすい。けれど、いささか問題がある。

「あいつに話をしてみるか。……聞き入れてもらえないかもしれないが」

つぶやいて、フィンは夜空を見上げた。春の三日月にはいつのまにか雲がかかり、月光を薄めていた。

第二章　彼の想いと、よみがえった記憶

　翌々日のことである。

　フィンは、自身が所属している紳士クラブへ朝からでかけた。樫の扉をひらけば紫煙たなびく空間が広がっている。

　同年代の貴族男性が集うここは、彼らにとって格好の社交場だ。椅子に腰かけ情報交換にいそしむ彼らのあいだを縫って、フィンは友人の姿を探した。

「フィン！」

　呼ばれてフィンは振り返る。くだんの彼は窓ぎわのテーブルでコーヒーを飲みつつ手招きをしていた。

「シェイン、おはよう」

「おはよ！　社交界一の貴公子から呼びだしの手紙が突然くるものだからびっくりして、昨夜はぜんぜん寝つけなかったよ」

　シェイン・ベイカーは冗談めかして笑った。

　彼はひとつ年下の幼なじみだ。子爵家の三男で、栗色の髪と明るい笑顔が印象的な青年である。

　フィンは、彼の正面の椅子を引いた。

「突然呼びだしてすまない。おまえに話したいことがあったんだ」

「あ、そうそう俺もある！　お礼を言わせて、フィン。この前は、伝言を請け負ってくれてありがとう」

シェインは、フィンの両手をがっしりとつかんだ。

「これで十年来の初恋にも踏んぎりがついたよ。フィンが、俺の代わりにジーナに告白してくれて本当によかった」

シェインの言葉にフィンは苦笑する。

「おまえがそう感じているならよかったとは思うけど、自分で伝えなくてよかったのか？」

「もちろん！　だって俺、目の前でジーナに振られたらその場で泣き崩れる自信あったもん」

「そういう状況は友人としても心が痛む。が、情けないぞシェイン」

フィンの指摘にシェインは悄然《しょうぜん》とした。

「うん……。俺もそう思うんだけどさ。ごめん。これからはもっと強くなれるようにがんばるよ」

フィンは肩をすくめた。運ばれてきたコーヒーカップを持ち上げつつ口をひらく。

「それはそれとして、伝言を請け負ったおかげで俺のほうにもいいことはあったよ」

「そうなの？」

シェインが興味を引かれたように身を乗りだしてきた。

フィンとシェイン、そしてジーナは、三人そろって幼なじみのあいだ柄だ。ふたりより年上のフィンは、兄のような役割でもってふたりと友情を育んできた。

けれどいつのまにか、シェインがジーナに恋心を抱くようになってしまった。ジーナには想い人がいるからあきらめろとフィンは言いきかせたが、そうなるとますます燃えるのが恋心というものだ。

シェイン自身もジーナが自分を見てくれていないということは充分承知していたようだった。けれどきっぱり振られないと踏んぎりがつかない。それなのに自分で告白する勇気はない。

そこでシェインはフィンに、愛の告白を代わりに伝えてほしいと懇願してきたのである。

シュゼットとシェインが初めて会った夜、フィンは、シェインからの告白をジーナに伝えていた。予想どおりジーナには好きな男がいたので、フィンは断りの伝言をジーナから受け取ったというわけだ。

「なあフィン、いいことってなに？　なにがあったの？」

「ご想像にお任せするよ」

「この前の舞踏会で女の子連れてたよな？　もしかしてその子がらみ？」

フィンは目を丸くした。

「シェインもあの舞踏会に出席していたのか」

「うわ、ひどい。視界にも入れられてなかったなんて」

「ごめんごめん、ぜんぜん気づかなかったよ」

「それほど目の前の女の子に夢中だったんだ？」

シェインはうれしそうに目を輝かせた。

「すっごくかわいい子だったよな。その子のこと、やけに熱っぽい目で見つめていたけど、ねらってるの？」

「もちろん」

あっさり答えると、シェインは色めき立った。

「めずらしいなぁ！　フィンが自分から女の子を口説きにいくことなんて初めてじゃない？」

「そうだったかもしれないね」

「ついに不動の貴公子に想い人が！　何人の女性が泣くことやら」

それでもシェインはうれしそうにしている。

「俺、ずっと心配してたんだ。フィンは冷めてるから自分から口説きにいくことは絶対にないって有名だったし。『動かなくてもよってくる女性に自分から働きかけるのは非合理的だ』とまで言ってたそうじゃやないか」


合理主義者で、冷めていて、それゆえ色恋に関して自分からは決して動かない。

不動の貴公子というあだ名はこういった皮肉もこめられたものだった。シュゼットの父のように、皮肉だということを知らない人たちも多い。

フィンは苦笑をにじませた。

「非合理的って、それは俺が言ったんじゃないよ。そういううわさが勝手に流れているだけだ。女性に対して合理性をふまえた言動をとっているつもりはないけれど、そんなうわさが流れるということはそう見えるということなのかな」

「あ、そうだっけ。ごめん、へんなこと言って」

恐縮するシェインに、フィンは首をふった。

「いや、いいよ。おまえも知っているように俺の父親はとても厳しかったからね。俺には、できるかぎり理性的かつ効率的にものごとを進めていくくせがある。もしかしたら人間味に欠けるのかもしれないいな」

「……それ、悩み？」

「まあね」

自嘲の笑みを浮かべて、それからフィンは話題を変えた。

「それで、話をもとに戻すけれど」

「あ、うん」

「俺はいま、彼女に振り向いてもらおうと必死なんだ。でも誤解を与えてしまって、うまくいっていない」

「えっ、ほんとに？　フィンが落とせない女の子なんて存在するんだ……」

過大評価だと思いつつもフィンは話を続けた。

「困ったことに、このままじゃ彼女に振られてしまいそうなんだ」

「ええぇ！」

「だから彼女の誤解を解く必要がある。そうなると、シェインの片思いについて彼女に話さなくちゃならない。おまえの名前をださずに説明することはできるけれど、俺の友人といったら真っ先にシェインの名前がでてくるだろう。だから必然的に、おまえの片思いが彼女の知るところになると思うんだ」

「ええっ、俺、他人に知られるのいやだよ！」

とたんにシェインの顔色が変わった。

この反応は予想ずみだったが、フィンは再度押してみる。

「どうしてもいやなのか？」

「だって振られてるし！　頼むから言わないでくれよ！」

シェインは半泣きになっている。フィンは、あきらめまじりのため息をついた。

「まったく、面倒なことになったな」

シェインのことをシュゼットに説明しないまま、ことを進められるだろうか。

すぐ横の窓に目をやりつつ、フィンは小さなため息をつく。

（とはいうものの、いまの時点でこのことをシュゼットに話しても、かんたんには信じてはもらえないだろうな）

彼女の男性不信――いや、恋愛不信はそうとう根深いように見えるからだ。

腰を据えていくしかない。フィンは、ほろ苦いコーヒーを喉に流し込んだ。


その日の夜のことである。

シュゼットは、寝苦しさのために何度も寝返りをうっていた。

（寝つけない……）

昨夜も、その前もあまり眠れなかった。つまり、フィンといっしょに舞踏会にでかけて以来まともに眠れていない。

目を閉じると、フィンのほほ笑みや涼しげな声を思いだしてしまう。優しいまなざしや頬をなでてくるてのひらは、よりリアルな感触をもってよみがえってくる。

こんな状態だから鼓動が早まって眠れなくなるのだ。

（もう、最悪）

シュゼットは、侍女を呼んでブランデーを持ってきてもらった。

アルコールにはいやな思い出があるけれど、三日も睡眠不足が続けば酒の力を借りるしかない。

水で割ったものをゆっくりと呑んでアルコールの熱が体に染みわたるのを待った。意識がとろみを帯びてきたので、シュゼットはベッドに戻り目をつむる。

(今度こそ眠れそう……)

窓から流れてきた春風がシュゼットの頬をなでる。意識が混濁していき、そのまま眠りに落ちることに成功した。

しかし、アルコールによる強制的な眠りはシュゼットに過去の夢を見せた。

それは忘れてしまったはずの、フィンとすごした一夜のできごとだった。


――シュゼット。

たゆたう意識のなかで、その声をシュゼットは聞いた。

シーツの上に寝かされていることはわかったが、使い慣れた自分のベッドではないような気がする。

――少し水を飲んだほうがいい。起きられる?

力強い腕に上体をゆっくりと起こされた。視界に映るのは、薄闇に沈む見慣れない室内だ。

「ここ、どこ……?」

「俺の部屋だよ。さあ、水を」

固い感触がくちびるにヒヤリとふれる。グラスから水を飲んで、シュゼットは彼の腕にくたりと身をもたせた。

「大丈夫？」

「ん……頭が、ぼうっとして」

「横になろうか」

ベッドにそっと戻される。毛布がかけられて、そこではじめて自分がネグリジェに着替えていることに気づいた。

「わたしの、ドレスは……？」

「俺が着替えさせたわけじゃないよ」

青年はやんわりと言う。

「メイドにやってもらったんだ。このネグリジェは俺の姉のものだよ。覚えてる？」

「あんまり……」

「舞踏会の最中にきみが倒れてしまったから、ここへ連れてきたんだ。きみの家……ロア家は会場から遠かったし、俺の屋敷は目と鼻の先だったからね」

そこまで言って、彼は苦笑した。

「自分でも、言い訳じみているとは思うけれど」

もう少しいっしょにいたかったんだ。

青年はそうささやいた。シュゼットは、彼のテイルコートに指をかける。

「あなたの名前は……？」

「フィンだよ。ここに連れてくる前に自己紹介をしたんだけど、忘れちゃった？」

彼は――フィンは、てのひらで優しく頬にふれてくる。

記憶があいまいで思いだせない。

「今夜はここで休んでいくといい。きみの付添人には事情を伝えておいたから安心して。明日の昼くらいに屋敷まで送っていくよ」

言って、フィンはベッドサイドから立ち上がろうとする。

シュゼットは、とっさに彼のコートを握り込んでフィンを引きとめていた。

「シュゼット？」

「大丈夫かなって、思って……。失恋して――悲しそうに、してたでしょ？」

「ああ、あれはちがうんだ。事情があってくわしい説明はできないんだけど、俺は」

「わたしも、好きな人に振られたときはとっても悲しかった」

胸の痛みに泣きそうになりながらシュゼットが言うと、フィンは動きをとめた。

すこしの間《ま》のあと、気遣うように髪をなでてくる。

「……悲しかったの？」

「うん。だって、好きだったから」

混濁する想いに胸が苦しくなり、涙がこぼれそうになる。

前世で経験したたくさんの失恋がいっきに押しよせてきたようだった。

「好きだったから悲しかったしさみしかった。わたしにはいつだってだれもいない。いまになってもそれがまだ、さみしくてつらいの」

「……。シュゼット」

フィンの手が伸ばされてシュゼットの目尻をなでた。こぼれ落ちた涙をぬぐいとり、青い瞳にフィンは優しい色を浮かべる。

(ああ、そうだ)

この人はとても優しい人だったということを、シュゼットは思いだした。

「きみはひとりじゃない」

あたたかい声にシュゼットの胸がせつなく痛んだ。彼の優しさが心に染み込んで、きゅっとしめつけられる。

それでもシュゼットは首を振った。

「ひとりだよ。もうずっと、この先もわたしはずっとひとりなの」

「安心して」

月光に薄められた暗がりのなかで、フィンのまなざしはシュゼットを包み込むようにあたたかい。そえた手の親指でシュゼットの頬をなでながら、彼はほほ笑んだ。

「きみが眠るまでここにいるから」

彼は、さみしくて眠れない夜がとてもつらいものだということを知っているのだろうか。

シュゼットは、頬に置かれたフィンの手に自身のそれをかさねた。

ふれあった肌から互いの熱がゆっくりと生まれていくようだった。

「フィン……」

呼びながら彼の青い瞳を見上げて、そうすると胸の奥がじんと痛んだ。フィンは、一瞬だけ息をつめたようだったがシュゼットから視線をそらさず見つめてくる。

沈黙が落ちて、そこを埋めるようにバルコニーから淡い月光が差していた。

ここにいることも、彼と出会ったことさえ幻想のようで、だからフィンがゆっくりと身をかがめてシュゼットのくちびるに口づけても、これが現実だとは思えなかった。

フィンの熱がわずかに離れて吐息がくちびるにふれる。とろけるように心地よくて、両腕を伸ばしてフィンの首もとをシュゼットは抱きよせた。

「シュゼット……」

低くかすれた声がフィンのくちびるからにじむ。

ふたたびかさねられると同時に、フィンのたくましい両腕がシュゼットの体にからんできつく抱きしめられた。

口づけが深まって、じっくりと熱量が増していく。

「ん、ん……っ」

深く食まれながら、熱くぬるついた舌でくちびるをゆっくりとなめられて、シュゼットは肩をふるわせた。ベッドをきしませながらフィンが乗り上げてくる。

気づいたら、上から覆《おお》いかぶさるようにフィンにくちびるを貪られていた。シュゼットを抱きしめていた手は、いつのまにかシュゼットの両頬を挟むようにしていて、まるで逃げ道をふさいでいるようだ。

何度も角度を変えられくちびるを甘噛みされるたびに、みだらな水音が生まれていく。ぞくぞくとした官能が背すじを駆け下りて、シュゼットはフィンの腕をつかんだ。

「うん……、ん、フィン……っ」

「こんなに甘いくちびるは初めてだ」

口づけをくり返しながら、熱を秘めた声でフィンはささやく。

さらに深く口づけられて、薄くひらいた口のなかに彼の舌がねじ込まれてきた。

「ん……っ！」

熱くざらついた舌に頬の裏側のやわらかい粘膜をなめられる。味わうように何度もされたのち、奥のほうで縮こまっていたシュゼットの舌を器用にからめとられた。

ちゅくちゅくとこすりあわされ、とろけるような熱がシュゼットの芯を溶かしていく。

「は——、っあ」

いやらしい舌づかいにぞくりとした熱が生まれて、シュゼットはたまらなくなった。フィンの胸を押し返そうとしたけれど、のしかかってくるたくましい体はびくともしない。

舌をちゅっと吸い上げられ甘く噛まれた。下腹にしびれるような快感が走る。

「あ……っ、もう、やぁ……」

「きみが欲しい」

色香に濡《ぬ》れた声でささやかれた。

ごく間近で、熱い恋情をたぎらせた青い瞳が光っている。

「フィン……？」

キスの余韻で体中が甘くしびれている。

フィンは、シュゼットのひたいやこめかみ、まぶたや頬に口づけをくり返した。

「もっと俺の名を呼んで、シュゼット」

「あ……っん」

ネグリジェごしに腰のあたりからなで上がってきたてのひらが、シュゼットの乳房を包み込んだ。薄いシルクをとおして彼の熱の高まりが感じられる。

やわらかく揉みほぐされて、シュゼットは淡く広がる官能に身をよじらせた。ふるえる体を優しく抱き込まれて、くちびるに甘いキスが落とされる。

胸のふくらみを愛撫するてのひらは薄く色づく先端をもすり上げて、シュゼットに甘い快感を与えていく。

「ん……、フィン、だめ……」

「かわいい」

二本の指で凝りかけていたそこをきゅっとつままれた。

下腹までまっすぐに熱を引くような快感に、シュゼットはびくりと体をふるわせる。

「あ、ア……っ！」

「かわいい声だ」

「やぁ……、だめ、だめ……」

片胸を愛でつつ、フィンのくちびるがうなじをついばみながら降りていく。喉のあたりを熱い舌でなめられて、ぞくぞくした愉悦にシュゼットはせつなくあえいだ。

「つん……ん……」

「感じやすいね」

指の腹でくりくりと乳首をいじりながらフィンが言う。

いくぶんか声が低められた。

「ここまで素直に反応できるのは、ほかの男にかわいがられた経験があるから？」

「あ……っ、ちが……」

「どうかな」

フィンの顔がさらに下がっていって、シルクをふっくらと押し上げるもう片方の乳房にたどりつく。まだやわらかな先端に舌を伸ばして、ゆっくりと押しつぶすように布ごしになめ上げた。

とたんに、とろけるような快感が指先まで広がって、シュゼットは目を見開く。

「ぁあ……っ！　ア、ん、だめ、なめちゃ、だめ……！」

「これだけでかんたんに尖らせて。ああ、かわいらしい色だ」

濡れた声でささやきながら、シルクから透ける薄紅色をフィンは視線で愛でた。彼の唾液に濡れた布地はいやらしく貼りつき、つんと尖った先端をきわ立たせる。

シュゼットは恥ずかしさに顔を覆った。

「やぁ、見ないで――っああ！」

ちゅっときつく吸い上げられた。

はじけた快感にはねる腰を、フィンはたくましい片腕で抱き込んでいく。

「あ……！　や、ぁ、ああァ……ッ！」

ざらついた熱い舌で根もとからじっくりとしごき上げられる。

吸い上げられて、歯先をやわらかく埋めるように甘噛みをされたらもうだめだった。

（どうしよう、気持ちいい）

流されてはいけないのに、いやらしい水音に脳内をかきまわされて思考回路をつなげない。

フィンの手は、口淫をほどこしている乳房とは別のふくらみを愛撫し続けていた。てのひら全体で揉みしだいて、指先でこりこりした先端をいじっている。

巧みに官能を引きだしていくフィンに、シュゼットはなすすべがなかった。拒絶になりきらない啼き声を上げることが、自分にできる精一杯のことだった。

「いや、ぁ……っ、フィン、フィン……！」

「そんな声で男の名を呼んだらいけないよ」

胸を愛でていた手がネグリジェのボタンをはずしていく。

「きみの声は甘すぎるんだ。聞いているだけで、とろけてしまいそうになる」

ボタンをすべてはずし終えてフィンはネグリジェをひらいた。下着をまとっていなかったため、ほんのりとピンク色に上気した柔肌のすべてが彼の前にさらされる。

「ああ、なんて可憐な肌だ」

フィンは、劣情をはらんだ吐息をつきながら薄い腹部から胸の谷間にかけて、てのひらでじっくりとなで上げた。

「つあ……！」

「きれいだよシュゼット。とてもきれいだ」

「やだ……見ちゃ、だめ……！」

下肢までもさらされていることに気づいて、シュゼットはとっさに脚を閉じようとした。

けれどフィンの体がいつのまにか両脚を割るようにしていて、閉じることができない。

「あ……」

「シュゼット」

ふたたびフィンが覆いかぶさってきてくちびるに甘くキスされる。やわらかく食みながら、フィンの大きなてのひらがシュゼットの胸をじかに揉み始めた。

じんとしびれるような快感が下腹へ広がっていく。

体内に熱が折り重なって、シュゼットはびくびくと腰をふるわせた。

「うん……っ、あ、ァ……っ」

「やわらかい胸をしているね。ほら、こんなにもかんたんにかたちを変えてしまう」

男性のがっしりした体に比べて、自分のそれはひどく心もとなく感じられた。与えられる快感にうっすらと汗ばんだ白い肢体をなやましくもだえさせると、喉の奥でフィンは笑う。

「いやらしいな」

シュゼットは羞恥に瞳を潤ませた。

「そ、んなこと、言わないで……」

「俺をもっとあおってごらん、シュゼット」

淫情を秘めながらフィンはささやく。唐突に、下肢の奥をくちりとまさぐられた。

「ッ、――」

シュゼットは喉をふるわせる。

のけぞった白い喉に舌を這わせながら、フィンは、ぴったりと閉じた花びらを何本かの指の腹でゆるゆると愛でてきた。

片方の乳首をいじられながらの淫技に、シュゼットの体内でみだらな熱がふくれ上がっていく。甘ったるい快楽にお腹の奥がじんじんとうずいてたまらなくなった。

「あ、ァ……！　だめ、フィン、だめ……！」

「だめ？」

「うん……、ん……ッ！　だめぇ……っ」

かかとでシーツを蹴って逃げようとしても、上からのしかかられてうまくいかない。

下肢をまさぐる指が、やがてにじみでてきた蜜によってすべりよく往復をくり返す。

「気持ちいいだろう、シュゼット？」

くちゅ、ぬちゅ、と彼の指がうごめくたびにみだらな水音がこぼれ始める。

「ひ、ぁ、あ……！」

「すべすべしてあたたかくて、俺もふれていて気持ちがいいよ。きみを振ったという男からも、このいやらしいところを存分にかわいがられていたのか？」

「され、てな……ッ、ぁあっ！」

蜜口の周囲をなでられて、ぞくぞくとした快感に襲われた。もう少しで指が入ってしまう。

「だめ、入れないで……っ」

「されたことがないのに、こういうことへの知識はあるみたいだね」

喉の奥で笑いながら、なかに入れることはせず、上のほうへフィンは指をすべらせた。

「なら、ここは知ってる？」

ふくらみ始めていた粒を、指の腹でぬるりとなで上げられる。

「ひ……っ」

強烈な快感にうたれて、シュゼットはびくりと体をふるわせた。

「いやぁっ、だめ、そこ、だめ……ッ」

「そう、ここが女の気持ちのいいところだよ。たくさんいじってあげようか」

「だめ、これ以上、気持ちよくなっちゃ……」

戻れなくなる。

シュゼットは、力の入らない指でフィンの上着をつかんだ。

「わたし……もう、恋愛は、したくない」

フィンの動きがとまった。

シュゼットの瞳から涙がこぼれて頬をつたっていく。

「わたしね……フィン。もう、あんなふうに泣くのは、いやだ」

上質な布地に指がすべってシーツに落ちる。それを、フィンの手がそっと取り上げた。

「俺はきみを、そんなふうに泣かさない」

てのひらに口づけられて、そこからじわりとした熱が広がっていく。

「好きだよ、シュゼット」

濃い恋情に染め上げられた青い瞳に見下ろされる。

シュゼットは目をそらすことができなかった。

「きみが好きだ」

「うそだよ、だって……」

「俺は、こんなことでうそは言わない」

シュゼットの手がシーツの上に戻されて、フィンが覆いかぶさってくる。くちびるがかさねられて甘くすりあわされた。

「ん……っ」

「うそは言わない。ずっとそばにいるよ」

「あ……フィン――」

「きみがそれを許してくれるなら」

口づけながら、フィンは自身の上着を脱いでいった。

甘いキスにシュゼットの思考がとろけていく。タイに指をかけつつフィンはささやいた。

「きみにもっとふれても？」

頬をつたう涙をくちびるで受けとめられる。

「シュゼット。きみが本当にいやがるなら、これ以上はしない」

「いやがる、なら……？」

フィンは、真摯なまなざしで見つめながら告げてくる。

「まだ引き返せる。きみを、なにもなかったときに返すと約束するよ」

けれど、頬にふれてくるフィンのてのひらはとても熱くて、彼の欲望が際限まで高まっていることをシュゼットに知らせた。

（この人は優しい人だから）

本当はわかっていた。

自分でもわかっていた、本心からフィンを拒絶しきれていなかったことを。

いやだったら力いっぱいあばれて叫べばよかったのだ。いくら酔っている状態だとしても大声を上げることくらいはできただろう。彼は、いやがる女性をむりやり組みしくような人ではないのだから。

最初のキスを受け入れて……彼に腕を伸ばして抱きよせたのは、シュゼットのほうだった。

「シュゼット……」

こたえを返さないシュゼットに焦れたようにフィンは頬に口づけてくる。彼の熱いくちびるにシュゼットは肌をふるわせた。

「フィン――」

考えるより先に体が動いていた。

いや、動いたのは心のほうだっただろうか。

彼の頬にてのひらをそえ自分のほうに向けて、シュゼットはくちびるに口づけた。

びくんとフィンの体がふるえる。至近距離で、青い瞳とかちあった。

それがせつなげにすがめられて、シュゼットの頭のうしろをつかむように彼のてのひらが差し込まれる。

口づけが深まり、みだらな水音を立てながらフィンの舌が入ってくる。飢えを満たすかのように口腔内をなめしゃぶられ、貪られた。

「んん……ッ、ん、ア……っ」

「は――、シュゼット」

舌を吸い上げて甘く噛んで、フィンはささやく。

「好きだよ、シュゼット」

ずきりとシュゼットの胸が痛んだ。

フィンに言葉を返せない。

(まだ――わたしは)

覚悟が足りていないのに、彼に抱かれようとしている。

「フィン……、あ」

フィンの熱いてのひらがふとももをなであげた。その奥にある濡れた花びらを指でなぞられる。

とろとろと愛液のこぼれる蜜口に、指先がふれた。ぬくりとそれが入ってくる。

「つん、……ぁ、あ……！」

感じやすい襞をなであげられる感触に、シュゼットは背をしならせた。

フィンの長い指が膣壁をゆっくりと往復する。初めて受け入れる男の指に、固くしまっていた処女孔は少しずつとろけるようにほぐれていく。

「あ、ぁん……っ」

「きみのなかは、あたたかくて気持ちがいいな……」

陶然と告げて、フィンは、別の指で花芯をぬるぬるとなでまわした。

「つひ、ア……！　やぁ、ああ……っ！」

「ああ、しまった。素直でかわいい体だ」

夜の静けさに、ふたりの息づかいと、くちゅ、ぐちゅ、というみだらな水音が溶けていく。

フィンの巧みな指は、シュゼットのなかの弱いところを確実に探りあてた。そこを甘くこすり立てられて、シュゼットはせつない熱情に身をよじらせる。

「あ、ん、んー……ッ！　フィン、だめ、そこばっかり……っ」

フィンが頬に口づけてきた。それで、彼のくちびるが笑みのかたちをとっていることに気づく。

直後、激しい快感につらぬかれてシュゼットは目を見開く。

「ッ、あ……!!」

何度も愛でられていた弱い箇所をぐしゅりとえぐるようにされながら、外側の花芯を押しつぶされたのだ。

視界が白く染め上げられる。大きく腰がはねて、それからがくがくとふるえた。

もうひとつのフィンのてのひらが、なだめるように腰をゆっくりとなでていく。

「上手にイけたね」

「あ、ア……っ、だめ、いま、そこ、さわっちゃ……」

フィンの指はゆっくりと引き抜かれたが、彼の親指はぬるぬると肉粒を転がしている。薄皮をむかれて、ひりつくほどに感じやすくされてしまった。

とまらない快楽にシュゼットの体は指先までしびれていく。

「は――、ぁ……ッ、もう、だめ、だめぇ……っ」

「こんなにも濡らして。俺の手首まできみの蜜がしたたっているよ」

「やぁ……っ」

ぐちゅっ……とふたたびフィンの指が押し込まれる。今度は二本に増やされていた。

「ア、あ……っ」

「そんなふうに恥じらうくせに、俺の指をおいしそうにくわえ込んでいるじゃないか」

きつくしまる膣肉を押し広げるようにじっくりとかきまわされる。

「あ、ん……っ、フィン、フィン……っ」

「つ、くそ――」

眉をゆがめて、フィンは指を引き抜いた。シュゼットの上で上体を起こして、ウエストコートを脱いでいく。シュゼットは、息をはずませながら、指淫にとろけた肢体をくったりとシーツにあずけている。

彼は、劣情に濡れた瞳でシュゼットを見下ろしながらシャツを脱ぎさった。青い月光にたくましい上半身が照らしだされる。涼しげな顔立ちをしているのに、たくましい筋肉のついた体つきをしていた。

思わず目を奪われたシュゼットを見つめながら、フィンは下履きの前をひらいた。

「嫉妬に焼きつくされそうだ」

押し殺した声でそう言って、シュゼットのくちびるに口づける。

「あ……ッん」

「シュゼット……」

熱くて硬いなにかが陰唇に押しつけられる。ぬちゅ……と茎の部分ですり上げて、とろみのある愛液をフィンは自身に塗りつけた。

敏感な花びらを固い凹凸にすられて、じんとした快楽に満たされる。体が自分のものではないみたいにとろけて、シュゼットは甘く啼き声を上げた。

「あ……フィン……気持ち、い……、ッあ、あん……っ」

「ああ、俺もだ」

ふくれ上がった花芯を熱い先端でぬちゅぬちゅと愛でながら、フィンは余裕のない声でささやく。

「一秒でも早くきみが欲しい」

そのまま口づけられてじっくりと舌をからめとられながら、ずくりと、フィンの性が押し込まれてきた。

「ッ――」

その、圧倒的な質量にシュゼットは息を呑む。

まんなかから体を割り裂かれるみたいだった。

「やっ、あ、ア……！」

「つ、せまいな」

「い、たぁ……っ、フィン、いたい……！」

シュゼットの反応に、フィンは動揺したように眉をよせた。しかし、すぐにそれを抑え込んだ様子でシュゼットの頬を優しくなでる。

「大丈夫だよ、シュゼット。力を抜いて」

「ん……ッ、いや……いやぁ……っ」

「キスをしようか」

言って、シュゼットのあごをつかみとり、しっとりと覆うように口づける。くちびるへの甘やかな愛撫にシュゼットはびくんと肩をふるわせた。

そうしながら、フィンのてのひらがまろやかにはりつめた乳房を包み込んだ。官能を引きだすようにゆっくりと揉み上げられ、ときおり先端をつままれてこりこりとすりあわされる。

「うん……っ、んー……」

甘ったるい快感が体内を浸していく。

彼の欲望を食んだままの下肢へその熱が少しずつ広がって、じんとしたうずきに膣壁が蜜をにじませ始めた。

それを感じ取ったのか、フィンが腰をふたたび動かし始めた。負担をかけないように気遣っているのか、ゆっくりと抽挿をくり返していく。

「あ、ア……っ」

シュゼットの腰が小さくはねた。

胸の愛撫と口づけは続けられていて、彼の舌がくちびるを割って入り込み、じっくりと口淫をほどこしていく。

やがて、ぐちゅ、くちゅ、と、シュゼットの下肢からみだらな水音が立ち始めた。

「ん……フィン……フィン――」

「もう痛くない、シュゼット……？」

くちびるをふれあわせたまま甘い声でフィンがささやく。

彼の青い瞳はとろけるような恋情に満たされていた。

「ん……、いたく、ない……。気持ちいい……、っあ、ん……！」

ずくっと奥まで押し込まれてシュゼットの背がしなった。

「ぁああっ……！」

「つ、シュゼット」

上体を起こしたフィンがシュゼットの両胸をつかんだ。柔肉を味わいながら、いやらしく上向いた先端を指先で刺激する。

「ッ、あ、やぁぁ……っ」

「は、きみのなかはすごいな。すぐに持っていかれそうだ……！」

半ばまで引いていく雄身を、シュゼットの濡れ襞がいかないでとでも言うようにきゅうっと吸い上げる。

自分の体が示すみだらな反応にシュゼットは恥ずかしくて顔を覆った。

「つぁ、あ、……も、やだぁ……！」

「隠さないで、シュゼット。きみの感じてる顔が見たい」

両手首をつかまれてシーツに押しつけられた。同時に、奥の弱いところにぐちゅっと突き込まれてシュゼットは体をふるわせる。

「きゃああっ……！　だめ、そこ、だめ……ッ」

「大丈夫——俺に身をまかせて、かわいいシュゼット」

淫情に満ちた吐息をつきながらフィンが覆いかぶさってくる。くちびるをかさねられて甘くすりあわされた。

やわらかく濡れた感触にぞくぞくする。下肢では、ぐちゅぐちゅと弱いところをくり返し愛でられて、体内で凝りきった熱がいまにもはじけそうになっていた。

「うん……っ、ん、フィン……、もう、イっちゃう……」

「これ以上に俺をしめつけるつもりなの、シュゼット。悪い子だな」

甘ったるい口づけをくり返しながら、感じ入ったようにフィンは微笑する。

「じゃあ、きみのイった少しあとに、俺も終わるから――」

「ん、――っあ、ああ……！」

密着する腰のあいだにフィンが手首をねじこんできた。ぱんぱんにふくれあがった花芯を器用に探りあて、ぬるぬるとなでまわす。

「待っ――あ、あぁぁ……ッ！」

「きみのなかにださせて。きみが欲しいんだ、シュゼット」

「っ、だめ、なかは、だめ……！」

反射的にシュゼットはそう訴えていた。

熱くたぎりきった男の性で蜜肉をぐしゅぐしゅとこすり立てながら、フィンはシュゼットに口づける。

「愛してるよ、シュゼット。きみが好きだよ」

情熱的なささやきがシュゼットのくちびるに溶けていく。

「結婚しよう」

「な――、え……!?」

前世でもついぞ聞いたことのなかった言葉に、頭のなかが真っ白になった。

一瞬快楽すら忘れそうになり――しかし、ぐりっと花芯を転がされる刺激に、愛欲の底へシュゼットはまたつき落とされる。

「あぁ、ん……っ！」

「つ、シュゼット。きみのすべてを俺にくれないか。俺のすべてをあげるから」

腰の動きが速められていく。

最奥まで何度も激しくつらぬかれて、高まりきった体内の熱が大きく揺さぶられた。

「きみが――シュゼットが優しいと言った、俺のそういう部分をきみだけに全部あげる」

「フィン……フィン、あ、ぁぁぁッ」

奪うように激しく口づけられて、同時に、子宮の底を深くえぐられた。

あえぎ声がキスにのまれて、凝りきったシュゼットの熱がはじけた。絶頂に達してビクンビクンとはねる体を上から押さえつけられる。

助けを乞うように、シュゼットはフィンを抱きしめた。

「ん、んー……っ！」

蜜肉がきゅうっとしまりフィンを引き絞る。ねっとりときつく吸いついて彼の精を飲みつくそうとしている。

フィンが短く息をつめた。

シュゼットのかすむ視界に彼の快楽にゆがんだ表情が映って、だからもう一度「だめ」と訴えようとしたのに。

「シュゼット」

こちらの胸がしめつけられるようなせつない声で、フィンがささやくから。

「好きだよ、シュゼット」

だからなにも言えなかった。

シュゼットにも罪はあった。

「――フィン……っ」

このときシュゼットがフィンを抱きしめなかったら――お願いやめてと訴えていたとしたら、フィンはきっと、意思の力で己の欲望をとめてくれただろう。

熱い情欲につらぬかれて、とろけるような快楽に侵されて、シュゼットが発した言葉はそれとはまったく逆のものだった。

「フィン、ちょうだい、もっと……っ」

彼の両腕がシュゼットの体に巻きついて、力強く抱きしめられる。

直後、フィンの烈《はげ》しい熱情がたたきつけられ、はじけた情動に体の奥が濡らされた。

「……っ、く」

耳もとでフィンがうめく。

淫情に満ちた欲望を吐ききるまで、シュゼットの最奥にぐっと押しつけたままとどまって、それからふるりと身ふるいをした。

「……シュゼット」

かすれた声で呼びながら、フィンはシュゼットの頬に熱いくちびるを押しつける。

「きみをもう、離したくない……。いますぐにでも結婚して、俺のそばにとどめ置いて、毎日でもきみを抱きたい」

「あ……っ、ん、ん……」

くちびるに口づけられてシュゼットは肩を小さくふるわせる。

快楽の余韻が色濃く残る体は、フィンにすこしでもふれられるだけでざわめいてしまう。

しかもフィンはまだ、シュゼットのなかに埋められたままだ。

「すまないシュゼット。体つらいか？」

朦朧としながらもシュゼットはゆるくうなずいた。指先までしびれて体が思うようにならないのだ。

フィンは、きれいなかたちをした眉をよせつつ、いたわるようにシュゼットの頬をなでた。

「むりをさせてごめん」

そっと口づけながら、ゆっくりと自身の性を引き抜いていく。熱くとろけた粘膜がすれあう感触に、シュゼットは淡く息を乱した。

「ん……」

「俺を見て、シュゼット」

「あ……フィン……」

「今夜はこうして、きみを抱きながら眠っても？」

いとしさに溶けた青色の瞳でフィンが聞く。

ゆっくりと髪をなでる大きなてのひらがこの上なく心地よかった。

「……うん」

「ありがとう」

フィンは、ひたいに口づけてから乱れた上掛けに手を伸ばし、かけ直そうとしたようだった。

しかしその手は途中でとまってしまった。見れば、たくましい上半身を中途半端に起こしたまま
フィンは表情をこわばらせている。

（どうしたのかな）

上掛けやシーツにおかしなところでもあったのだろうか。

聞いてみようかと思ったが、重りのような睡魔がのしかかってきてまぶたが閉じてしまう。

ひりつくような下肢の痛みとみだらな熱の残滓《ざんし》とを感じながら、シュゼットは眠りに落ちていった。

（ああ、そうだ。この痛み）

もしかしたらフィンが動揺したのは、シーツに処女を散らした証が染み込んでいたからかもしれない。

この夜は、シュゼットにとって初めて男性と体を重ねた一夜となった。

今夜のことを明日には死ぬほど後悔してしまうかもしれない。

けれどいま、あたたかな幸福感にシュゼットは満たされていた。あれほど恋愛を避けて生きてきたのに、矛盾しているとは思うけれど。

（なかにだされちゃって……、でも、この人との赤ちゃんならきっと、ものすごく……）

いとしいにちがいない。

理屈でなく本能でそう感じると同時に、上掛けがかけ直されてふたたびフィンの腕のなかに抱き

しめられた。先ほどよりも、心なしか強く。
これ以降の思考は眠りにのまれ、フィンの力強い腕のなかでシュゼットは意識を手放した。

「……!!」
夢からさめたシュゼットはベッドからがばっと起き上がった。
空が白み始めたばかりの時分、見慣れた室内はまだ薄暗い。
シュゼットは、ぼう然としつつ口をてのひらで覆った。
「待っ……て」
あれは夢?
それとも現実に起こったこと?
シュゼットは、固まったまま大混乱に陥った。
(あの夜お持ち帰りされて、えっちしちゃったことはたしかだから——)
あれはただの夢じゃなくて、そう、現実の記憶だ。
シュゼットは頬が熱くなるのを感じた。いたたまれなくなってくちびるを噛みしめる。
あんなふうに抱かれたのだ。
フィンに、この上なく優しく、そして情熱的に。
「あー……もう」
シュゼットは、両ひざを引きよせて顔を伏せた。
思いだしたくなかった。

きっと二度と忘れることはできないだろうから。

「もう、自分が最低だよ……」

月のものは、ちゃんときた。

覚えている。あの夜の数日後のことだ。つい二日前に終わったばかりだった。

思えば昨日、馬車のなかでフィンがシュゼットの体調をかさねて聞いてきたのはこのせいもあったのかもしれない。

(軽率すぎる……!)

ネグリジェの上から自分の脚をぎゅうっとつねる。できることならだれかに思いきり頰をたたいてほしかった。

妊娠していなくてほっとしている。

けれど――落胆も、している。

本能の部分で。

(軽率以上に、ばかすぎる)

「なにやってるの、わたし」

瞳の奥が痛んで視界が潤んでいく。

同時に、前世の苦い記憶がよみがえってきた。

自分が死ぬことになったあの日の朝、シュゼットは泣きはらした目でコンビニにいた。なぜそんな状態だったかというと、付きあっていた男性のとんでもない事実を知ってひと晩中ベッドにつっぷして泣いていたからだ。

仲のいい女友達から電話があった。言いにくそうに、けれどとても心配そうに彼女は告げた。

『あんた、――くんと付きあってるって聞いたんだけど本当？』

その彼は高校時代の同級生だった。

同窓会で再会し、付きあい始めたのは三ヶ月前のことだ。

恋の相談をしているうちに少しずつ距離が縮まって、お互いに好意を持つようになった。恋人同士になれたきっかけは、ふたりで呑んだあとに酔った勢いでホテルへ行ってしまったことだけれど、そのあとも週に一度はデートをかさね愛を深めあっていった。

シュゼットが彼にしていた恋の相談の内容は、例によって失恋がらみのことだった。シュゼットは当時社会人一年目で、頼りになる会社の先輩にあこがれと淡い恋心を抱いていた。

先輩が既婚者だということは知っていたから、あこがれに似た恋の進展などシュゼットは考えもしていなかった。

けれどある日、その先輩からとんでもないことを告げられた。

『きみはいつも一生けんめいに仕事をしていてえらいね。とてもすてきな女性だとずっと思っていたんだ。よかったら今度呑みにいかないか？　ふたりきりでさ』

シュゼットのデスクまで来た先輩は、小声でそう声をかけてきた。

シュゼットは「そんなこと言ったら奥さんに怒られますよー」とやんわり断った。誘ってくれたのはうれしかったけれど、さすがによくないと思ったからだ。

先輩もきっと社交辞令で言ってくれただけだろう。軽く考えつつパソコン作業に戻ろうとしたら、ふいに先輩が距離をつめてきた。

『妻のことは気にしないで。最近うまくいっていないんだ』

キーボードをたたく手がとまった。

『金曜の夜、空けておいて』

シュゼットの淡い恋心が砕け散った瞬間だった。

これ以降、ことあるごとに先輩から誘われて、たいへんなストレスになっていた。

社会人一年目で仕事だけでいっぱいいっぱいだったのに、おなじ課の先輩のあしらいかたなんてまったくわからず、どうにもならなくなっていた。

高校の同級生である彼にそのことを相談しているうちに、いつしかその彼と付きあうようになった。だから彼は、シュゼットが不倫なんてまったく考えられないということを充分に知っていたはずだった。

心配して電話をかけてきてくれた友だちは、シュゼットに告げた。

『――くん結婚してるよ。そのことちゃんと知ってる？』

携帯電話を持つ手が大きくふるえた。このあと、友だちにどういう受け答えをして電話を切ったのかシュゼットは覚えていない。

車の事故に遭って死んだのは、その翌日だった。

月光の差し込む広いベッドの上で、シュゼットは、ネグリジェに包まれた両ひざを引きよせて抱え込んだ。

前世の自分はおろかだった。流されやすいし、さみしがり屋だし、自分の意見をはっきり言えない。そんな臆病な人間だった。けれど、それ以上に男はずるい生き物だ。

だからもう恋愛はしない。

『結婚しよう』なんて言葉は、絶対に信じない。

しかし舞踏会のあの夜に体の奥深くにフィンを受け入れたとき、自分はそれを信じたのではないだろうか。

だからこそ、こうすることが自然だと思ったのだ。

この人はこれまでの男性とはちがう。

今度こそ本物だ、と。

(けれど、そんなことはこれまで毎回思ってきた)

だれかに恋をするたびに、この人となら幸せな未来を紡げるだろうと信じた。付きあうことができたときには、今度こそずっといっしょにいられるだろうと予感した。

でも気づいたらシュゼットは置いていかれて、ひとりきりだ。

(何度くり返してもわからないばかな自分がいやだ)

シュゼットは、両ひざにひたいを押しつけて声を殺して泣いた。

第三章　こちらの防御力はほとんどゼロです

からまりきった感情を抱えながら、シュゼットは朝を迎えた。

目の下の立派なクマを侍女に驚かれつつ着替えをすませ、よろよろと階段を降りていく。すると、玄関ホールがにぎやかになっていることに気づいた。

首をかしげながらそちらへ足を向けて、見えてきた光景にシュゼットはぎょっとする。思わず柱のかげに隠れてしまった。

「わざわざ足を運んでもらってすまないね、フィン君」

「まったくあの子ったら、自分の扇を馬車に忘れてくるなんて。お手間を取らせてごめんなさいね」

謝りながらも、どこかうれしそうな両親の声である。そこにまざるのは、晴天の朝にぴったりのさわやかな青年の声だ。

「こちらこそ、事前に連絡もなく突然押しかけてしまって申し訳ありません。きっと探しているだろうと思ったので、すぐにでも届けて差し上げたくて先走ってしまいました」

「そんなことはいいんだ。ところで、よかったらいっしょにお茶を飲んでいかないか？」

「いえ、ご迷惑になりますので」

「あら、迷惑なんかじゃないわ。ご予定がないなら、ぜひごいっしょしてくださいな。あの子も呼んできますから」

母レオノーラの言葉に、フィンは自嘲気味に笑った。

「ではご厚意に甘えて――ああでも、恥ずかしいな」

「まあ、どうして？」

「すぐにおいとまするつもりだったのですが、ほんの少しでもご息女のお姿を見ることができたらという下心もあったのです。それがまさか、いっしょにお茶をいただけるなんて考えもしなかったから動揺してしまって」

レオノーラは、目を丸くしたあとくすくすと笑った。

「初々しいこと。けれどフィンさんの社交界でのご評判は聞き及んでおりますのよ。たくさんのレディたちの心を鷲づかみにされているとか。我が家の娘はひどく奥手なので、もの足りないのではなくて？」

「まいったな」

少々いじわるなレオノーラの言葉に、フィンは困ったようにほほ笑む。シュゼットは、これ以上たえられなくて柱のかげから姿を現した。

と同時に、熱のこもったフィンの声がホールに響く。

「ご息女は僕の初恋です。彼女に愛想をつかされないためにはどうすればいいのか、そればかりを考えて夜も眠れないほどなのですよ」

「なっ――」

思いきってでてきたはいいが、予想外の先制攻撃をくらってシュゼットは硬直した。

きょとんとした三人の視線がこちらに集まり、まずはレオノーラがあきれたような顔つきになる。

「まあシュゼット、なにをつっ立っているの。早くこちらに来てフィンさんにごあいさつなさい」

「……ハイ」

ぎこちなくフィンの前まで歩を進めて、それからドレスをつまんでシュゼットは礼をとった。

「……おはようございます、フィンさま」

「おはよう、シュゼット」

フィンの金髪と青い瞳が、朝陽にキラキラと輝いていて非常にまぶしい。

彼は、うれしそうにほほ笑みながらシュゼットの手をとり甲に口づけた。いまは手袋をしていなかったので、じかにふれた熱にどきりとする。

「会えてうれしいよ。会いたかった」

「……三日前にお会いしたばかりですよ」

鼓動がこれ以上高鳴ると困るので、シュゼットはわざと視線を逃がしてそっけない言いかたをする。

するとそこへ、バーナードが口を挟んできた。

「シュゼット、そのような態度は失礼だろう。それにいまはもう十一時だ。朝のあいさつというより昼に近い時間だぞ」

「お寝坊な娘でごめんなさいね」

そう言いながらも、両親の目は心配そうにシュゼットを見ている。

(ああ、そうだ。『フィンさまにはほかの女性がお似あいだ』みたいなことをお父さまたちに言ってしまったんだっけ。だからお父さまたちは、わたしとフィンさまがうまくいかなかったと思ってるはず)

それなのに突然フィンが訪ねてきて、いったいどうなっているのかと両親は気が気ではないのだろう。

レオノーラは、表面上は明るく聞こえる声で続けた。

「さあ、お茶の準備をしますのでしばしお待ちくださいな。シュゼット、フィンさんを客間に案内してさしあげて」

断る理由を見つけられずに、シュゼットはしぶしぶうなずいた。


「三日前に会ったばかりだから、今日も会いたいと感じるはずがないと思った？」

ふたりきりになった客間で、フィンがいたずらっぽく言った。

扉を閉めたシュゼットは、その場所で彼を振り返る。

「扇を届けてくれてありがとう。でも、使いの者をよこしてもらってもよかったんだよ」

「会いたかったんだ」

気づいたらフィンがすぐ目の前に来ていた。下ろしたままだった黒髪を長い指にひとふさ取られて、するすると梳《す》かれる。

「きみに初めて会ったあの夜から十日も会えなかった。三日前にやっと会えて――でも別れたあとの時間が、おそろしいほどに長かったよ」

彼の指のあいだからシュゼットの髪がさらさらと落ちていく。焦がれるような恋情に染め上げられた青い瞳に見つめられて、体温が上がってしまう。

シュゼットは、背を扉に貼りつけるようにしながら必死で口をひらいた。

「そんなふうに、く、口説いてきたって、フィンがうそをついてるってわかってるんだから」

こんな言いかたは自分でもひどいと思う。あまりにも子どもっぽくて情けなくなる。

「うそ？」

片方のひじから先をフィンは扉に押しつけた。シュゼットの顔のすぐ横だ。

距離が縮まってシュゼットの鼓動が痛いくらいに早くなる。

「興味深いな。俺のどのあたりがうそっぽく聞こえるの？」

少し怒らせてしまったかもしれない。彼の端整な顔がわずかにしかめられている。

シュゼットは、おそるおそる答えた。

「どのあたりというか――」

「うん」

「全部」

「ふうん」

フィンは剣呑に笑った。

その表情を目にしてまずいかもしれないと思った直後、彼のもう片方の腕が扉に押しあてられた。

完全に囲われてしまって、シュゼットの血の気が引く。

「ところで、あの夜のことは思いだした？」

「えっ」

とっさに表情が引きつってしまった。フィンはそれを見逃してくれない。

「思いだしたんだ」

「ええと……うっすらと」

「俺は覚えているよ。こまかいところまで全部」

フィンのまなざしに色香が乗って、シュゼットはどきりとする。

「フ、フィン。お茶の準備ができたころだと思うから、そろそろ部屋をでて――」

「忘れられるものか。あの夜から俺は、もう一度きみを抱きたくてたまらないんだから」

ささやかれながら耳朶に口づけられて、シュゼットの肩がはねる。

「きみを俺のものにして、今度こそ子を孕ませたい」

この人はとんでもないことをまた言っている。しかも、その勘のよさでもってシュゼットが妊娠しなかったことを察しているらしい。

(フィンがなにを考えているのかぜんぜんわからない。あのきれいな女の人に振られてさみしいからって、ここまでするものなの？)

彼の胸を押し返そうとしたが、少しも動かない。シュゼットが泣きそうになると、おびえを察したのかフィンはふいに力をゆるめた。

「――ごめん」

眉をよせつつ目を伏せる。きれいな色をした瞳が見えにくくなる。

「ごめん。へんなことを言った。ちがうんだ。俺はただ、きみに会いたかった」

少しだけ体を離して、その薄い空間に、気を落ち着かせるようにフィンは息を吐いた。

「声を聞けるだけでも、よかったんだ……」

そのかすかなつぶやきにシュゼットの胸がしめつけられた。

（フィンはずるい）

むりやり動きを封じておきながら、こんなことを言うなんてずるい。

どうしていいのかわからなくなる。

「あの夜、ほんの少しでもシュゼットは俺を愛してくれた？」

シュゼットはくちびるを噛む。

少しでも惹かれていなかったら、あんなこと絶対にできなかった。

「きみの気まぐれで俺は抱かせてもらえたのかな。恋愛はしたくないと言って、ほかの男をチラつかせて――、俺は、きみの手管にすっかりからめとられてしまったよ」

「そうやって……っ」

からめとられそうになっているのは、こちらのほうだ。

シュゼットは、背中を扉に貼りつけたまま攻勢を試みる。

「そうやって、きざなことをぺらぺらしゃべる人は信用できない……！」

「じゃあシンプルに言おうか」

ふと、フィンの声が低まった。

シュゼットの顔に影がさして、目をそらしていても彼が近づいてくるのがわかる。

心臓が壊れてしまいそうだ。

「きみのかわいいくちびるに口づけたい」

熱いささやきがふれて、ぞくりと肌がざわめいた。

フィンの指があごにかかり、軽く上向かされてくちびるがかさねられる直前――。

「だめ」

ふたりのあいだにてのひらを差し込んで、シュゼットは弱々しく訴えた。

てのひらの前でフィンは動きをとめる。その、宝石みたいな青い瞳を必死の思いで見つめ返しながら、苦しい反抗をシュゼットはしめした。

「『かわいい』が、余分だったから、だめ……」

「……。なるほど」

言って、シュゼットのてのひらにフィンはちゅっと口づけた。ついでのように軽くなめられて、その濡れた熱にシュゼットは腰が抜けそうになる。

「フ、フィン……！」

「なるほどね。まったく、困ったな」

さりげないしぐさで片腕をシュゼットの腰にまわしながら、真剣な目つきでフィンは見下ろしてくる。

「困ったことになった。きみがかわいすぎる」

「へっ？」

「まさか自分に、真面目な心持ちでのろけを口にする事態が起こるとは夢にも思わなかった。けれどこういうのも悪くないな。あとはきみが俺を愛してくれれば、すべてがうまくいくんだけど」

じっとシュゼットを見つめてから、フィンは甘くほほ笑んだ。

「でも前にも言ったように、俺は、きみが振り向いてくれるのをいつまでも待つよ」

「ま、待たなくてもいいから——、っん」

唐突にあごをつかまれ、くちびるをふさがれた。

シュゼットの頭が真っ白になる。

「……シンプルなのがお好みだと聞いたから」

甘く食むように口づけてから、ごく間近でフィンがささやく。

「事前予告なしにキスをしてみたんだけど、悦《よ》かった？」

「そういう意味で、言ったんじゃ……、だめ、待っ——、ぅんんっ……！」

きつく抱きよせられながら、ふたたびくちびるを奪われる。

やりかたは強引そのものなのに、口づけは愛でるように優しくてシュゼットは混乱してしまう。

やわらかなくちびるの表面を、熱く濡れた舌で丹念になめられる。ぞくぞくした官能が生まれて、思わずひらいた口のなかにフィンの舌が入ってきた。

「ア……っ、ん」

口腔内の粘膜やふるえる舌をじっくりとなぶられる。腰から力が抜けてしまって、まわされたフィンの腕にシュゼットは支えられていた。

「ん……っ」

くちびるの端からこぼれた唾液をフィンがなめとる。ざらついた熱い感触に愉悦が呼び起こされて、シュゼットは肩をふるわせた。

「気持ちよさそうだ」

「ちが……っ」

「なら、こんなことをきみにし続けている俺は、近いうちにきらわれてしまうな」

キスのあいまにフィンがせつなげに言う。

「けれどやめられない。どうすればいいか俺に教えて、シュゼット」

熱くささやかれながら深く口づけられる。いいように口内をかきまぜてくるフィンにあらがえない。

とろけるような快楽にひざが崩れそうになり、フィンのコートに指をかけたとき、背後の扉がノックされた。

「フィンさん、シュゼット。お茶の準備ができましたよ」

母だ。

口づけから解放されないいままそれを聞き、シュゼットは混乱に陥る。

フィンは、自分のなかに招き入れて愛でていたシュゼットの舌を甘く噛んで、それから口づけをゆっくりとほどいた。

くたりと倒れ込んでくるシュゼットを両腕で抱きとめながら、「わかりました。すぐに行きます」と、完全にきり替わったさわやかな声で答える。

口のなかが甘いしびれに侵されているシュゼットとは大ちがいだ。

「じゃあ行こうかシュゼット。……立てる？」

ふと、心配そうな瞳でフィンは見下ろしてきた。

(だれのせいだと……！)

文句をぶつけたかったが、そんなことより体を立て直すほうが先である。シュゼットは弱々しく
「三分待って」と返した。

両親とフィンをまじえたお茶会は、ほがらかな雰囲気のまま終わりを告げた。

とくに両親はフィンをすっかり気に入ってしまったようだった。いやみのない賢さがかいま見えるおだやかな話術と、ときおり挟み込まれる愛娘への賛辞の効果はばつぐんであった。

「きみのような男性が娘の夫になってくれたら非常に喜ばしいことだよ」

「身にあまる光栄です。もしそうなることができたら、僕はこの国一の果報者になるでしょう」

「シュゼットは少々がさつなところもあるから、フィンさんはがっかりするかもしれなくてよ？」

「そのようなことはありません。シュゼットさんは、なにをしていても最高にかわいらしいレディです」

「まあ、ふふ。お口がうまくていらっしゃること」

「まごうことなき本心です」

「…………」

針のむしろに座っているような時間がやっと終わって、見送りにでたがる両親を屋敷に押し込め、シュゼットはフィンと庭にでた。ブルーイット家の馬車の前で彼に向きあう。

「あのね、フィン」

「ん？」

フィンにはいろいろと言いたいことがあるけれど、とりあえずこれだけは謝っておこうと思う。

「うちの両親が、ごめんね。ものすごくはしゃいでたし、フィンのことを上から目線で検分してたし。失礼なことばかりしてごめんなさい」

娘かわいさのあまり両親は、根掘り葉掘りいろんなことをフィンに質問していた。趣味や特技ならまだしも、寄宿学校時代の成績やら有力貴族との親交状況、はたまた過去の女性関係まで聞きだしていたのだ。

さすがに女性関係については、フィンはうまいこと話をそらしていたが、それ以外は求められるままに答えてくれていた。

「ああ、そんなこと気にしないで。俺も楽しい時間をすごさせてもらったしね」

「楽しい時間……!?」

あの状況を楽しいと感じられるフィンはやはり変わっている。男性にとって、女性の両親からいろいろとつつきまわされるのは、うっとうしいことのはずだ。

フィンはうれしそうに笑みを浮かべた。

「楽しかったよ。とてもあたたかくて、すてきなご家庭だと思った」

このとき、フィンの表情にせつないような憧憬がよぎったのは気のせいだろうか。

「ご両親はシュゼットを心の底からたいせつに思っているということが伝わってきて身が引きしまったしね。あとは、ご両親が望むようにきみが俺のことを恋人として見てくれたらうれしいんだけど」

恋人は、作らない。

喉まででかかった言葉が声にならずに消えてしまう。

フィンは、優しくほほ笑んで少しだけ身をかがめた。シュゼットの頬にキスをする。

「また会いにくるよ」

早まる鼓動をとめられない。

みるみるうちに熱を帯びる両頬をてのひらで覆って、小さくなっていく馬車をシュゼットはずっと見送っていた。


（わたし、こんなに流されやすかったっけ？）

またしてもドレス姿のままベッドにつっぷして、シュゼットは懊悩《おうのう》した。

（ちがうちがう。フィンの押しが強すぎるんだよ……！）

シュゼットは慎重を期している。恋に落ちないよう、失恋しないですむよう、がんばっている。

それなのにフィン・ブルーイットとかいう青年は、紳士の皮をかぶりながら獣のような強引さでもってシュゼットを全力で陥落させようとしてくるのだ。

敵うわけがないと白旗を揚げそうになるも、崖っぷちでシュゼットは踏みこらえた。

これ以上の侵攻を許すわけにはいかない。フィンを信用して恋に落ちたが最後、あとは失恋まで一直線の道のりだ。

（フィンを振ったあの女の人。彼女がフィンのところに戻ってくるかもしれないし。そうなったら絶対に振られる）

もしくは、シュゼットがフィンになびいた瞬間「ゲームは終わった」とばかりに興味を失われてしまうかもしれない。

（フィンは優しい人だから、そんなことしないってわかってはいるけれど）

しかし、恋愛感情がからむと男性はどうなるかわからない。

フィンは相当情熱的な気質のようだから、どう動いてくるのかよけいにわからない。

「そもそもわたし、フィンのことぜんぜん知らないからなぁ……」

名門侯爵家の嫡男で、不動の貴公子と呼ばれるほど社交界では一目置かれた存在で、立ち居振るまいはスマートそのもの、それでいて性格にゆがんだところはない。

絵に描いたような好青年である。でも裏を返せば、絵に描かれた表の部分しかわからないということだ。

「フィンのこと、もっと知りたいな」

無意識にこぼれたつぶやきに、我に返ったシュゼットはまた頭を抱えるのであった。


しかしながら、フィンを知ることができる機会は思いもよらぬかたちで訪れた。

お茶会から三日後、近隣の伯爵家でひらかれた午餐会《ごさんかい》の場である。

「フィンが女の子に入れ込んでるところを初めて見たよ！　ねえきみ、シュゼット。いったいどうやってこいつを落としたの？」

この日はおだやかな晴天だった。伯爵夫人ごじまんの、花咲きみだれる庭園を眺めながらのパーティーである。

フィンに誘われて（押しきられてとも言う）出席したこの場所で、フィンの幼なじみであるという青年からシュゼットは声をかけられた。

ひとなつっこい笑顔の彼はシェイン・ベイカーというらしい。子爵家の三男で、歳は十八とのことだった。フィンより年下でシュゼットよりは年上である。

フィンは、渋面をつくりつつ口をひらく。

「こら、シェイン。初対面でそういうつっこんだ質問をぶつけてくるなよ。シュゼットが困るだろ」

「世間話じゃん。困らないよねぇ？」

シェインはにこにこしながらそう問いかけてくる。シュゼットは「困る」と思いながらもついうなずいてしまった。

「ほら、困ってないでしょ？」

「おまえのその笑顔はくせものなんだよ」

ため息をつくフィンを、シュゼットはふしぎな気持ちで見上げた。

（男友だちとうちとけてるフィンを見るの、初めてかも）

シュゼットに対する態度と微妙にちがう。

明るい青空の下で、フィンの瞳はいつもより澄みきっているように見えた。さらさらした金色の髪も陽光にきらめいてとてもきれいだ。

黒のモーニングコートをあわせているためか、フィン自身の持つ色彩がよりあざやかに見える。立食形式ということもあって、すらりとした立ち姿も目立っていた。

あんまりすてきなので、たった三秒見つめているだけであっというまに恋に落ちてしまいそうだ。

その上、ふだん見ることのできないフィンの様子に意識が向いてしまう。

「シェインを見ていると、三男坊のむじゃきな笑顔は最強の武器だってつくづく思うよ」

「フィンとちがって俺の笑顔は天然ものなの。フィンはいつも作り置きのほほ笑みしか見せないじゃん」

「作り置きってなんだよ」

思わず吹きだしたフィンに、シェインは笑う。

「だって、こういうときはこの笑顔、この人に対するのはこっちの表情って、大昔に作ったのをいまでも使いまわしてるんだろ？」

「俺は面倒くさがりなんだ。そんな手間のかかることしないよ。いつも即興だ」

「めんどくさがりの男は恋人候補からはずれるよね、シュゼット？　恋人にするなら気遣いのこまやかな男じゃないと！」

軽口の言いあいを新鮮な気持ちで聞いていたら、自分のほうに矛先を向けられてしまった。

シュゼットは、まばたきをしたのちに聞き返す。

「えっと、恋人候補って？」

「そう！　恋人にするならフィンみたいなそっけない男じゃなくて、マメな男のほうが女の子にとっていい選択だと思うんだよね。それなのに顔がいいからフィンはやたらモテてさ、罪作りなやつなんだよ」

「まったくこいつは……。シュゼット、まともに聞かなくていいよ」

フィンは、好き勝手言われているのに怒るでもなく、あきれたように肩をすくめている。

シュゼットにはシェインが、兄に甘える世わたり上手な弟のように見えてきた。

「フィンは面倒見がいいんだね」

シュゼットの言葉にフィンはうなずく。

「理解してもらえてうれしいよ。最近でいちばんたいへんだった仕事はこいつの尻拭いだからね」

「あっ、なんだよ、ふたりして」

シュゼットはくすくすと笑った。

「だってシェイン、まちがっているもの。フィンはそっけなくないし、めんどくさがりでもないよ。気遣い屋さんだし、マメだし、優しいよ」

フィンに対する褒め言葉がすらすらとでてくる。これではフィンに好意を持っていると告げているようなものだ。

気づいてからあわてて訂正しようとしたが、それもわざとらしいのでやめておいた。

「なるほどなるほど！　そういうところをもっとくわしく！」

シェインが、わくわくした様子で身を乗りだしてくる。思わずシュゼットがあとずさると、フィンが彼の首根っこをつかんで遠ざけた。

「シュゼットを質問攻めにするなよ」

「ごめんごめん、調子に乗った。だって、フィンがマメで優しいっていう、ものすごいセリフを聞いたからさ」

その意見をシュゼットは意外に思った。

どうやらフィンは、シュゼット以外にはそっけない態度をしているらしい。一見するとたしかに彼は、涼しげな顔をして何事にも心を動かさないような印象がある。

(でも、なんだかそれって――)

頬が熱を持ち始めてしまったので、シュゼットは扇を広げてうつむいた。

(なんだか、わたしだけが特別みたいで)

フィンは、こんな自分に本当に恋をしてくれているのだろうか。以前にシュゼットが初恋だと言っていたし、シェインもこういうフィンは初めて見たと言っていた。

もしかしたらシュゼットはフィンの唯一の存在になれているのかもしれない。

シュゼットはどきどきしながらうつむいていたが、シェインの次の言葉に体をこわばらせた。

「フィンがマメだなんてね。ジーナにもこの話聞かせてやりたいよ。まあ、フィンは昔からジーナに甘かったから、あいつは意外に思わないかもしれないけどさ」

扇を持つ手が指先から冷えていく。

ジーナ。忘れようもない。あの夜フィンを振った少女の名だ。

「シェイン」

フィンの声音が変わった。シェインを低くしかる。

「しゃべりすぎだ。もうやめろ」

「ご、ごめん……」

重たい雰囲気を感じ取ったのか、シェインが元気をなくしてしまう。

シュゼットは、声がふるえそうになるのを抑えながらシェインに向けて口をひらいた。

「あの……ジーナさんというのは、フィンの友だち？」

「うん。俺たち三人は幼なじみなんだ。都の屋敷が近くて、シーズンには家族ぐるみでよく遊んでたんだよ」

幼なじみ。

シュゼットの胸がずきりと痛んだ。

つまり、ただの友人ではなく家族のように深いつながりがあるということだろう。

(フィンは、幼なじみのジーナさんに恋をして、告白して、振られてしまって……)

傷心でいたところに、偶然居あわせたシュゼットを抱いた。

事実だけを並べれば、つまりはこういうことだ。フィンがどれだけ情熱的に愛をささやいてくれたといっても、事実はこれなのだ。

特別な意味をここにつけ加えようとして――そしてことごとく振られてきたのが、前世のシュゼットだった。

(ばかみたい)

自分が彼の特別だなんて――唯一になれているのかもしれないだなんて、ただの思い上がりだ。

結局シュゼットは二番手なのだ。男は平気でそういうことのできる生き物なのだから、それをしっかりと思いだしておかなければならない。

シェインに感謝しようとシュゼットは思った。浮わつきかけた心を現実に引き戻してくれたのだから。

「シュゼット」

うつむいていたシュゼットの肩を、優しくつかんだ手があった。フィンだ。

「大丈夫か、シュゼット」

シュゼットが答えられないでいると、フィンは、迷うように沈黙したのちにシュゼットの肩をそっと引き抜いた。

「……顔色が悪い」

「へいき。大丈夫」

フィンの顔さえ見られないまま、逃げるようにシュゼットはうしろに一歩下がった。

肩から手を離して、フィンがまた声をかけてくる。

「シュゼット。きみに話したいことがある」

「いいの。ジュースがなくなったからもらってくるね」

「聞いてくれ。俺はきみに隠していたことがあって――」

わかっている。自分が二番手だということは、もう充分にわかっている。

フィンの話を聞かずにシュゼットはきびすを返した。しかし、もつれた足でスカートを踏みそうになってしまう。

それを、フィンがすばやく抱き支えてくれた。

「いきなり走ったらあぶないよ、シュゼット」

しかるような低い声が頭の上から聞こえて、シュゼットの胸がしめつけられる。

抱きとめる腕を振りほどきたいのに、体が動いてくれない。

（だって、フィンの匂いがする）

この人にわたしはまだ恋をしていないはずなのに。

「シュゼット。ジーナのことだけど」

その名前が彼の口から聞こえたとき、シュゼットは体をひどくこわばらせた。

それに気づいたのか、フィンの声がとまる。

フィンの口から彼女の名を聞きたくない。どろどろしたものに胸が押しつぶされてしまいそうだからだ。

フィンのずるさに、自分のおろかさに、そして彼女へ向かうつらい感情に押しつぶされてしまう。

（もう言わないで。聞きたくない）

そこへ、弱りきったシェインの声が投げ込まれた。

「ごめん、シュゼット、フィン。俺、なにかまずいこと言った……？」

ややあってから、フィンは長くため息をついた。あたたかい手がシュゼットの背をそっとなでる。

「まずいどころの話じゃないよ、シェイン」

シュゼットは、フィンに抱きしめられたままでいるから彼の顔を見ることができない。それでも、フィンが笑っていないことはわかった。

「けれど、これだけで終わる話でもなさそうだ。シュゼット、きみは――」

言いながら、シュゼットの頰にフィンがふれてくる。そのはずみで彼と目があってしまった。

青い瞳に深い感情が沈んでいる。それがどんな意味を持つものなのか、シュゼットにはわからなかった。

「過去にきみがつけられた傷を、俺がすべてぬぐいとることができたらいいのに」

まるでフィンのほうが痛みを感じているような声音だった。

シュゼットは胸をつかれて、けれどやはりなにも言えなかった。その代わりに、フィンを視界に映し続けていた。

拒絶の言葉ばかりでそれ以外の反応をしないシュゼットを怒るでもなく、フィンはむしろ気遣うようなほほ笑みを浮かべた。

「今日はもうおいとましようか。送るよ」

「……うん」

シュゼットは小さくうなずいた。頬にふれたままの彼のてのひらはあたたかかったが、それでも自分をゆだねきるには怖れのほうが勝っていた。


帰り道、ふたりきりの馬車のなかで、フィンはジーナの名をふたたび口にすることはなかった。そのことに深い安堵をシュゼットは覚えた。あと一度でもフィンの声で彼女の名を告げられたら泣いてしまうだろうと思っていたからだ。

「シュゼット」

ジーナの名を呼ぶ代わりに、フィンはシュゼットを優しく呼んだ。

となりに座る彼の指がシュゼットの髪にふれる。

「次に会うときは、公園を散歩しようか。花は好き？」

「……。好き」

小さく答えると、フィンはうれしそうに目を細める。

「よかった。明日の朝、迎えにいっても？」

もう会うべきじゃない。

そうわかっているのに、シュゼットは断ることができない。どうしても「もう会いたくない」という言葉が喉からでてきてくれない。

「シュゼット？」

フィンの声にわずかな不安がにじんだ。

完璧な――不動の貴公子と呼ばれるほど完璧な男の人が、シュゼットの返事を待っている。心を揺り動かされている。その現実が、シュゼットには信じられない。

好きな人が自分を好きでいてくれるという現実が、信じられない。

(だめ、ちがう。わたしはフィンのことなんて好きじゃない)

だからもう会わないほうがいいとわかっているのに。

気づいたらシュゼットは、顔をうつむけるようにして言葉を返していた。

「……うん。行きたい」

安堵したような吐息がフィンから落ちた。

「じゃあ、また明日に迎えにくるよ」

馬車がとまる。窓にカーテンが引かれているので確認できないが、シュゼットの屋敷についたのだろう。

車輪の音が消えて箱のなかが静かになる。シュゼットの手をとって、フィンは手袋ごしに口づけた。

「きみにまた会うのに、朝を待たなければならないなんて」

フィンのせつない声に自分がひどく弱いことに、シュゼットは気づいた。

こんなにも弱くされてしまった。

フィンは、顔を上げてシュゼットの頬をてのひらで包んだ。その熱に身を引きたくなるけれど、彼の青い瞳に縫いとめられてしまう。

「ずっと、一日中シュゼットといたいよ」

「く、口説きには、乗らないんだから……」

反論の声に力を込めることができない。あいまいにそらした視線の先で、彼の手にとらえられた自分の手が映る。

ふいに、フィンのくちびるが頬にふれた。

「……っ」

「だめだよシュゼット。そんな顔をしていたら、いますぐにでもきみが欲しくなってしまう」

シュゼットをとらえているのとは別の手で、フィンは箱の扉を押しひらいた。まぶしい陽光がさし込んでくる。

またね、とフィンは笑ってシュゼットを送った。


要するに、自分はフィンに敵わないということだ。

ドレス姿のまま自室のベッドにぱたんとうつぶせて、シュゼットは長々とため息をついた。

会ってしまったら、どうしても惹かれてしまう。

ならば、会わないほうがいい。

「一度オーケーしたのに申し訳ないけど、断りの手紙を書こう……」

のろのろと起き上がりライティングデスクに向かう。ペンを持つ手がひどく重い。

(もう会わない、と決めることがこんなにもつらいなんて)

シュゼットはペンをぎゅっと握りこんだ。

——けれどまだ大丈夫のはずだ。

まだそれほど深くない。深く入り込まれてはいないはずだ。

その日のうちにブルーイット家に手紙を届けてもらった。今日のエスコートのお礼と、『もう会いません』というメッセージを綴った手紙だ。

会わない理由はあえて書かないでおいた。書かないことは卑怯だとも思ったが、フィンには「恋愛はしたくない」と何度も伝えてあるからきっと悟ってくれるだろう。

その夜のうちにフィンから返事が届けられた。上質な便せんに書かれていたのは『中央公園の大花壇の前で待っている』という言葉だった。


——花は好き？

フィンの言葉が頭をめぐっている。まったく眠れない夜が明けて、バルコニーの向こう側には春の青空が広がっていた。

シュゼットは、ベッドの上に身を起こして空を見上げた。それからしばらくして瞳をゆがめた。

会いたい。

フィンに会いたい。

ただ会いたいという想いひとつだけで、胸の奥からこみあげてくる涙が苦しかった。

「もう、手遅れだったんじゃない」

恋はしないと誓って生きてきた。それなのに、あっというまにフィンに心の奥深くまで入り込まれてしまった。

フィンは、シュゼットの過去をぬぐいとりたいと言った。

自分の望みよりも先にシュゼットのことを案じてくれる人だ。それでいて、シュゼットの過去にむりやり分け入ってきたりしない心遣いのある人だ。

自分は過去を克服できていない。

当然だ。克服しようなどと思ったことがないのだから。

過去の傷がどうしたらなくなるのか、シュゼットにはまだわからない。けれどいまはただフィンが好きだった。フィンに会いたかった。声が聞きたかった。

（また傷ついてしまうかもしれない）

同じことをくり返してしまうかもしれない。

それでもいいと思えるほどの人に恋をした。

この想いをまっすぐに受けとめなければ、自分が自分でなくなってしまうだろう。

「いつまでも泣いてどうするの、シュゼット」

毛布の上にひと粒の涙をこぼしてから、ぐいっと頬をぬぐう。

目を上げて、ベッドから降りて、外出用のドレスに着替えるために、呼び紐を引いてシュゼットは侍女を呼んだ。


馬車から降りて、日傘を広げ公園に入る。

春の日の午前、おだやかな時間をこの場所ですごす人は多い。乗馬やお茶を楽しむ貴族だけでなく、平民の子どもたちも遊びに駆けずりまわり、思い思いの時間をすごしている。

大花壇の前まで侍女に付き添ってもらって、そこから先はひとりで行くことにした。

パウダーブルーのドレスの内側で痛いくらいに高鳴る胸を押さえながら、シュゼットは大花壇のある広場を見わたす。

水仙やブルーベル、チューリップにプリムローズ。春を告げる花が咲き誇り、散歩する人たちの目を楽しませている。

そのなかでフィンの姿はすぐに見つかった。

フィンの、すらりとした長身と輝くような金色の髪はとても目立つ。五メートルほど離れた黄水仙の花壇のところに、こちらに背を向けて彼はたたずんでいた。

——本当に、待っていてくれている。

シュゼットはまた泣きそうになってしまった。あわてて涙をこらえて歩を進めたときだ。

「フィンさま！」

「フィンさま、ごきげんよう」

小鳥のさえずるような複数の声が聞こえて、シュゼットは立ちどまった。フィンの見ていた方向から三人のレディが足早に近づいてくる。

シュゼットとおなじ歳ごろの少女たちだった。可憐なドレスに身を包んで、キラキラと輝く瞳でフィンを見つめている。

最初のあいさつは声が張りぎみだったから聞こえてきたものの、そのあとの会話はシュゼットの耳まで届かなかった。

しかし、少女たちの上気した頬とうれしそうな表情を見るだけで、彼女らがフィンに恋をしていることが伝わってくる。

そして、こちらに背を向けているフィンがほほ笑みながら相手をしていることも想像できた。

(フィンがモテるってことは、わかっていたはずじゃない)

シェインもそう言っていた。だから、こんな光景はあって当然のことなのだ。

けれど、シュゼットの足は地面に貼りついたみたいに動かなくなってしまう。

「あら、シュゼットさん」

少女たちの目がこちらに向いた。シュゼットはどきりとする。

フィンがこちらを振り向いて、驚いたように目を見開いた。

「――シュゼット」

きれいな低音で呼ばれて、きゅっと胸がせつなくなる。

自然と彼のほうへ歩みかけたところで、別の少女の声に割り込まれた。

「シュゼットさん、ごきげんよう。本日はお散歩かしら?」

「侍女もつけずにおひとりで？　あいかわらず変わり者でいらっしゃるのね」

揶揄するような言葉に、残りのふたりはくすくすと笑った。シュゼットはひるみかけたが、ぐっと足に力をこめた。

「侍女はすぐ近くに控えております。今日は、フィンに――フィンさまにお会いしにきたのです」

シュゼットの言葉にフィンがなにかを言いかけた。しかし、それより先に少女たちが前にでて口をひらく。

「フィンさまにお会いしにきたということは、まさかあのうわさは本当のことだったのですか？」

「フィンさまが、社交場から逃げ続けているシュゼットさんと恋仲だと」

「信じられませんわ。社交界の花であるジーナさまならともかく、あなたとだなんて」

またしても彼女の名前がでてきた。どうやらジーナは、社交界の花と呼ばれるにふさわしいレディであるらしい。

少女たちの言うとおりシュゼットは、恋愛をしたくない一心で社交場から逃げ続けてきた。だからこそ、こういった情報に疎いのだ。

(『ジーナさまならともかく』と言われるくらい、フィンとジーナさんはお似あいなんだ)

そしてふたりは、恋仲になってもおかしくないほど親密な関係でもあるのだろう。

けれどシュゼットは、昨日のようにこの場から立ち去ろうとは思わなかった。日傘の柄をぎゅっと握りしめながら、少女たちをまっすぐに見つめ返す。

「わたしには、あなたたちからこんなふうに悪口を言われる理由がないわ」

はっきりと口にすると、少女たちはひるんだ様子を見せた。

「あなたたちがフィンさまにお話があるのなら、わたしはしばらく別の場所をお散歩してきます。それでは失礼しますね」

折り目正しく礼をとり、シュゼットはその場を立ち去ろうとした。

少女たちはひるんだままでいたようだったが、そのなかのひとりがくやしげな表情でこちらへ近づいてきた。

「悪口だなんて。よくも、フィンさまの前でわたくしたちを悪者にしてくださったわね」

口もとに扇を広げ、シュゼットにだけ聞こえる声で怒りをぶつけてくる。

「あなたみたいな方、フィンさまからまともに相手にされるわけないわ。すぐにあきられて捨てられるに決まっているのよ。いい気にならないで」

頬を張られたような衝撃をシュゼットは受けた。

すぐにあきられて捨てられる。

そんなことわかっている。わかっていたはずだった。

(どこまでいっても、わたしは二番目でしかない)

いちばんにはなれない。なれたことがない。

(けれど、——それでも)

シュゼットをばかにするように笑う少女をまっすぐに見つめ返す。

「あなたの言葉は聞かない。だってあなたはフィンじゃないもの。話なら、フィンから聞くわ」

「な、なによ……!　変わり者のくせに生意気な口を——」

少女が声を荒げたとき、唐突に、シュゼットの腕が強い力で横から引きよせられた。

はずみで手から日傘が落ちて、けれどそれを追う間もなく抱きよせられて、シュゼットは目を見開く。

「ここまでだ、レディ」

きれいに響いたフィンの声に、少女が息を呑んだようだった。

あとずさる彼女に、あくまでもおだやかな声音でフィンは忠告する。

「この子は——シュゼットは、俺のもっともたいせつな女性だ。シュゼットには、淑女らしいふるまいで接してくれないか」

声音とはうらはらに、青色の瞳には静かな怒りがこもっている。

シュゼットの頬が熱を持った。

かばってくれた。それだけで泣きそうになる。

ほかの少女たちもこちらに駆けよってきたが、フィンの雰囲気にのまれたように棒立ちになっていた。

ふと、フィンは肩から力を抜いた。ほほ笑みを浮かべて彼女たちを見る。

「これからは気をつけて。まだ俺に用が？」

少女たちは一様に首を振って、逃げるようにこの場をあとにした。

彼女たちの姿が見えなくなって、シュゼットの脚から力が抜けた。かくんと崩れそうになる体を、まわされたままだった腕が抱きとめてくれる。

「大丈夫？」

声が降ってきて見上げると、心配そうな顔をしたフィンが視界に映った。

「ごめん。もっと早くにあの子たちの口をとめられればよかったんだけど、あまりやりすぎるときみへの悪意が逆にふくれ上がってしまうと思ったんだ」

フィンはいつも、知恵をまわしてシュゼットのいちばんいいようにしてくれる。

シュゼットはゆるく首を振った。

「大丈夫。ありがとう、フィン」

「あの子からなにを言われた？　よく聞こえなくて、けれど険悪な雰囲気だということは伝わってきたんだけど」

「うん……」

シュゼットはうつむいたあと、ほほ笑んでフィンを見上げた。

「大丈夫。たいしたこと言われてないから、気にしないで」

「それはむずかしいな。きみについてのことで気にならないことなんて俺にはひとつもない」

シュゼットの鼓動がはねる。眉をよせながらフィンは言った。

「彼女たちがきみにつっかかってくることはもうないと思うけど、なにかあったら俺にかならず教えて」

「……うん」

シュゼットがひかえめにうなずくと、フィンは表情をゆるめた。

「シュゼット。今日は来てくれてありがとう」

深くやわらかな声が心地よくてシュゼットの胸が切なくなる。フィンは、冗談めかして言った。

「てっきり振られてしまったかと思っていたよ。昨日突然、そっけない手紙が届いたものだから」

「ごめんなさい……」

思えばフィンをずいぶんと振りまわしてしまっていたかもしれない。自分のことばかりで余裕がなくて、断りの手紙を突然送られたフィンの気持ちを考えることができていなかった。

「ごめんなさいフィン。わたし、あなたにひどいことを」

「いいんだ。こうして来てくれたから」

微熱をふくんだような青い瞳がシュゼットを見つめていた。

彼のまなざしと言葉を信じたい。もし信じられなくても、あとで裏切られてしまうことになったとしても、もう自分にうそをつきたくなかった。

シュゼットは、いつもそらしがちだった視線をフィンに向けながら口をひらく。

「手紙に書いたとおり、フィンにはもう会わないつもりでいたよ。でも」

「でも？」

フィンの指がシュゼットの頬にふれる。心地よい熱がそこから広がっていくようだった。

「でも、フィンに会いたかった。フィンにどうしても会いたくて、ここへ来たの」

春の花が香る。

風が吹いて、優しい色をした花びらがさざ波のように揺れていく。

「フィンが好き」

胸の奥からあふれんばかりだったこの想いは、言葉にすればすんなりと春の風にほどけた。

「フィンが好きなの。恋はしないと誓っていたのに、気づいたらフィンのことばかり考えるようになってた。フィンのことを心のなかから追いだそうとしたのに、どうしてもむりだった」

フィンの瞳がゆっくりと見開かれる。

「……シュゼット」

「あんな手紙を送っておいて――恋人は作らないってさんざん言っておいて、いまさらかもしれない。でも、どうしても伝えたかったの。フィンが好きで、毎日でも会いたくて、あなたの声をずっと聞いていたい。ずっと、フィンのそばにいたいって――」

声がとぎれた。くちびるがふさがれたからだ。

見開いたシュゼットの目に、熱を秘めた青い瞳が映った。しかし、それはすぐにまぶたを下ろして隠れてしまって、代わりに力強く両腕で抱き込まれる。

「んぅ……っ」

ここは外だ。しかも人通りが多い。

とっさにシュゼットは、フィンの胸を押し返した。けれどフィンは力をゆるめてくれない。

深く口づけられたまま、熱い舌でくちびるをなめられた。ゾクリとした快感にうなじがあわ立ち、それからゆっくりとキスがほどかれていく。

「……シュゼット」

熱にかすれた声が、シュゼットの肌をなでていくようだった。

「少しの時間でも待てそうにない。きみを抱きたい」

「フィン――」

「あんな手紙をもらっても引く気なんてさらさらなかった。でも、さすがに今日は会えないだろうと思っていたんだ。それなのに、まさかこんな」

すぐ間近で熱くささやかれて、シュゼットは心臓が壊れてしまうかと思った。

「きみはずるいな。大好きだよ」

ふたたび口づけられたときには、シュゼットはフィンにさらに深く恋をしていた。


フィンの部屋に来るのはこれで二度目だ。けれど一度目は大混乱のさなかにあったので、内装をよく覚えていない。

そして二度目の今日も、部屋を見まわす余裕など持てそうになかった。

「あ、……っ！」

室内に連れ込まれるなり、閉めた扉に背を押しつけられるようにしてくちびるを奪われた。

フィンの舌がねじ込まれてシュゼットのそれにからみつく。じゅくじゅくとこすり立てられて、ふたりの唾液と吐息がまざりあう。

ぞくぞくとした愉悦が背すじを駆け下りていき、たまらず顔をそむけようとしたら、フィンの手にあごをつかみとられた。

「ん……ッ！　フィ――、っんぅぅ……！」

舌を甘噛みされた。彼の歯先がやわらかく埋まっていく感触がたまらない。

これまでもキスをされたことはあった。体をかさねたことすらある。けれど、想いを伝えあったあとの口づけは信じられないほど甘くて、体の芯が溶けてしまいそうだった。

シュゼットの腰がびくんとふるえて、その上をドレスごしにフィンのてのひらが這っていく。

彼のみだらな体熱が腰をなで下がり、小さなお尻をじっくりと揉み込んできだ。分厚い布ごしだというのにフィンの手の動きがはっきりとわかる。

激しさのやまない口づけをされながらドレスごしに体を味わわれるいやらしさに、シュゼットは羞恥で焼かれそうになった。

このまま抱かれてしまうのだろうか。大好きな人に求められる幸福に満たされながらも、シュゼットはふと、いまの自分の状態に気づいておじけづいた。

「っフィン、今日は、だめ……っ」

「ここまでついてきて？」

じれたようにフィンは言う。

それもそうだ。フィンが正しい。

「でもわたし、さっき公園で汗をかいて、きたないから……っ」

せめて湯を使わせてほしかった。できることなら自分の屋敷に帰って身だしなみをととのえたいくらいだ。

ささやかな女心を、しかしフィンは一蹴してきた。

「大丈夫。きみはきれいだ」

熱くかすれた声でささやかれて、うなじのあたりがゾクリとする。布ごしに腰のあたりを愛でられながら、情熱的に口づけをくり返された。

「ん、ぅ……っ！　そ、んなの、ずるい……っ」

「ずるいという点に関しては、俺とシュゼットはいい勝負じゃないか？」

ドレスごしに、大きなてのひらに胸のふくらみを覆われる。

「つ、あ……」

「俺を翻弄するだけ翻弄して、最後にはあんなにかわいい告白をしてくるなんて」

そのままじっくりと胸を揉みしだかれて、シュゼットはこみ上げてくる快感から逃げるように首を振った。

「しらない……っ、だって、フィンが好きなんだもの……！」

「――まったく」

余裕のない声が耳を打ち、直後にくちびるを奪われる。背中を扉に押しつけられながら体をいやらしくまさぐられ、舌を口のなかに入れられて激しく貪られた。

「ぅん、ん……！　待っ、ぁ、やぁ……っ」

「やめてほしいの？　キスを？　それとも体にふれるのを？」

熱い息をつきながら口づけのあいまにフィンは問う。

そうしながら、彼の手はスカートをたくしあげて、その内側に手をもぐり込ませてきた。ドロワーズにフィンの指先がふれて、優しくなで上げられる。

「……ッ」

「ほら、教えてシュゼット。俺はきみの奴隷だ。なんでも言うことをきくよ」

フィンの瞳が情欲に濡れている。彼の手がドロワーズをつかんで、ずるりと引き下ろしていくのがわかる。

そのときの、フィンの指の背がふとももをなで下がっていく感触にすら、ひどく感じてしまう。両脚がふるえて、シュゼットは立っているのさえつらくなった。

「そこ、を、さわっちゃ、だ――、ッぅん……!!」

頭を抱きよせられて、くちびるを深く求められた。

訴えたはずの言葉はいやらしい水音にとって代わられ、口内を、フィンの思うさまになぶられていく。

強引なことをされているのに、息が乱れてもう立っていられないほどなのに、どうしてかシュゼットの全身は、快楽の熾火にあおられていた。

それはフィンが乱暴でないからだ。

強引だけれど、巧みな舌とくちびるがシュゼットの弱いところを確実にとらえて、体の芯を熱くとろけさせていく。

「は——、ッあ、んん……っ」

「さわることをやめてほしい？」

熱い舌先で、シュゼットのくちびるをフィンはなめていく。その感触にぞくぞくする。

ドロワーズを足首まで落とされて、無防備になった花びらにフィンの指がふれた。ゆっくりとなぞり上げるその感触がぬるりとすべって、すでに蜜を垂らしていることを自覚させられる。

シュゼットは羞恥にかぁっと頬を熱くさせた。けれど、恥ずかしさを上まわる快楽が、蜜を塗り広げるような指の動きから与えられていく。

「あ、ぁあん……っ！　や、ぁ、フィン、だめ……っ！」

「もうこんなふうになっているのに？」

グチュ……といやらしい水音が立った。フィンが、蜜孔の入り口をじっくりとかきまわしたのだ。

熱い快楽に侵されて、シュゼットの脚がついに崩れてしまった。それを力強い片腕で抱きとめて、フィンは隘路《あいろ》を浅くえぐる。

「ひぁ……っ！」

「キスだけでこんなにも濡らしてしまって、シュゼットは感じやすいね」

「ち、が……ッ、だって、フィンが」

フィンにされているから感じてしまうのだ。シュゼットは瞳を潤ませてフィンを見上げた。

「フィンのキスだから、気持ちよくなってしまうの……！」

「……。ああ、もうどうにもならないな」

陶然としたようなまなざしをそそぎながら、フィンはぐちゅっ……と蜜肉に指を深くまでねじこんだ。

「つひ……」

「どうにもならないくらい、きみが好きだ」

「ぁああ……っ」

一度引いた指を根元まで強く埋められた。ふくらみつつある肉粒を親指でこすり上げられて、シュゼットは激しい快楽につらぬかれる。

先日散らされたばかりの狭隘な蜜孔に男の指がグチュグチュと往復をくり返す。ふるえるような愉悦に、フィンのスーツをシュゼットは握りしめた。

「つあ、あ、……ッ!」

「ほら、きつくしめつけて吸いついてくる。俺の指がもっと欲しいだろう、シュゼット？」

劣情に満ちた声で問われて、シュゼットはとっさに首を振った。

「い、らな……っ、いらない、からぁ……っ！」

「そういう強情なところもたまらないな」

フィンは、耳朶を甘噛みしながら低く笑う。それだけで腰の奥がざわめいて、きゅうっとフィンの指をしめつけてしまう。

「もう、むり……、はや、く、フィン……っ」

「自分のかわいさをきみはもっと自覚したほうがいい」

熱に浮かされたような青い瞳がシュゼットを見つめている。

みだらな水音を立てながら、節くれ立った指が蜜肉に埋められていった。根もとまで押しこまれて、半ばまで引いていく。その動きをくり返されている。ひりつくほどに敏感になった肉粒は、執《しっ》拗《よう》にいじられ続けていた。

じらすような、それでいて深い愛撫にさらされて、下腹に重たい熱ばかりがたまっていく。

シュゼットは、乱れきった呼吸に胸をせつなくさせながらフィンにすがりついた。

「つあ、ア、フィン……ッ。だめ、気持ちよすぎるの、だめ……っ！」

「シュゼットはおねだりがとてもじょうずだね」

フィンはシュゼットの頬にちゅっと口づける。

「どうしてほしい？　言ってごらん」

「もう、指はだめ……っ」

「そう？　とてもさわり心地がよかったのに、ざんねんだな」

言って、下肢から指をフィンはゆっくりと引き抜いた。愉悦にとろけきった襞をさすられるその刺激に、崩れ落ちる腰を抱きとめられる。

力強い腕の感触と、フィンに包み込まれるあたたかさに、シュゼットはくたりと身をゆだねた。いまにもはじけそうな快感が下肢の奥でひどくうずいて、うっすらと汗ばむ腰がぴくんぴくんと小さくはねる。

その肌をてのひらでじかになでまわされながら、耳もとでささやかれた。

「うしろを向いて」

「うし、ろ……？」

快楽に侵されてもうろうとしたまま、シュゼットはくるりと体を反転させられる。扉にすがりつくような姿勢にさせられて、彼の大きな手が腰をつかんだ。

「なに、フィン――、ッ！」

蜜に濡れた花びらの上を、熱くやわらかななにかがぬるりと這った。その甘い衝撃に、シュゼットは目を見開く。

肩ごしに振り返ると、あまりにもみだらな光景が視界に映り込んだ。

お尻のほうまでドレスをたくし上げられて、両脚のあいだにフィンがくちびるをよせている。絨毯にひざをついているようで、きれいな金色の髪が、窓からさす春の陽光にきらめいている。

二本の指でひらかれた粘膜を、ざらついた舌がぬるりと往復した。下肢が溶け崩れてしまいそうな快楽に、シュゼットはがくがくとひざをふるわせる。

「あっ、ぁ、ああッ！　やぁ、だめ、なめちゃだめっ……！」

「指はいらないと言ったのはシュゼットだろう？」

とろけきった蜜孔に、固くした舌をクチュッとさし込まれた。熱線のような愉悦が背すじを駆け上がってきて、シュゼットは喉をふるわせる。

「甘い蜜をしているね。ここの色もかたちも、とても愛らしい」

「や、ぁ、見ないで……！」

好きな人にそんなところをなめられているなんて、恥ずかしすぎて耐えられない。

それなのにフィンは、舌を隘路に深く埋め込んできた。ぬるぬるとみだらに襞をこすり立ててくる。

指よりもやわらかく、しかし芯をもった熱い感触だった。ただなめられているだけで気持ちよくてどうにかなりそうなのに、シュゼットの弱いところをフィンは確実に攻め立ててくるからたまらない。

「あああッ！　っねがい、も、やめ……ッ！　ぁあ、だめ、イっちゃう……！」

蜜肉がうごめいて、きゅうっとフィンの舌をしめつけるのがわかった。

巧みな舌淫に凝りきった愉悦がはじける。シュゼットは、シルクの靴下のなかで足の指を丸めた。

「あ……‼」

びくん、びくんと細腰をはねさせて、シュゼットは絶頂を味わわされる。

高まりきった波が引き始める前に、フィンの指が、蜜に濡れてふくらんだ花芯をなでまわしてきた。

「きゃああっ」

連続で達して、シュゼットの瞳から涙がぽろぽろとこぼれた。

舌が引き抜かれる。ぐちゅぐちゅと陰核をこねまわされる動きはとまらなくて、シュゼットはついにひざを折って崩れ落ちそうになった。

直後、フィンが立ち上がって片腕でシュゼットを抱きとめる。その手で、ドレスの上から乳房をつかみ、指の腹で花芯を愛でながら、男の熱塊が打ちふるえる体を真下からズクリとつらぬいた。

「――ッ‼」

背をしならせて凶悪な快楽にあえぐシュゼットを、フィンが力強く抱きしめる。

「ひ、っあ、あ、ァああ！」

「つ、シュゼット」

ぐちゅっと奥までねじこんで、フィンは、シュゼットの耳もとで荒く息を吐く。一度引いて、また子宮の底を打ちつけた。

「あ、あ、あっ、フィン、っめ、待っ……！」

「俺は、充分すぎるほど待ったよ、シュゼット」

いまだ初々しさの残る隘路を、あふれる蜜を押しだすようにして、フィンは激しくこすり立ててくる。

「ずっと欲しかった……！　きみは知っていただろう、俺がどれだけきみを欲していたかを」

「あ、ん、ん……ッ！」

体内を蹂躙《じゅうりん》する凶悪な熱塊に頭がおかしくなりそうなほどの快楽を流し込まれて、シュゼットにはなすすべもない。

知らなかったと答えることはできない。充分に知っていたとも言えなかった。

けれど、やっとわかった。シュゼットもこうしてフィンに抱いてほしかった。もう離れることはないと思えるくらい、強く抱きしめてほしかった。

「ッあ、ア、ああっ！　フィン、フィン……ッ!!」

「シュゼット……！」

絶頂にとどめ置かれて、シュゼットは全身をふるわせる。

たぎりきった欲望に犯されつくして、みだらな熱に満ちた膣肉がフィンの性を食いしめる。

すぐ耳もとで、フィンが息をつめる気配がした。ぐっと腰を押しつけられ、体内の最奥をうかがわれて、思考回路が溶かされるほどの快楽にシュゼットの視界が明滅する。

フィンの熱く濡れた情欲を体の奥で受けとめて、声もなくシュゼットは、フィンの腕にぐったりと身をゆだねた。

「つ、は——」

フィンが短く息をつく。背中からシュゼットを抱き込みながら、耳のうしろにくちびるを押しあてた。

ゆっくりと抜き差しをくり返し、熱くとろけるシュゼットの体内を味わうようにしたのち、ずるりと自身を引き抜く。

「あ……、っん」

「シュゼット——」

熱い恋情のこもったささやきが耳にふれて、それから先、シュゼットの意識は断ちきれた。

ぬくもりにくるまれているような感覚がずっと続いていた。

素肌のふれる感触が心地よくて、体だけでなく心までじんわりとあたたかくなってくる。

「んー……」

眠りにたゆたっていた意識がゆっくりと浮き上がって、シュゼットはうっすらと目を開けた。

そして、視界に映り込んだものを見て、頭のなかが真っ白になった。

「……」

いまは夕方あたりだろうか。そしてここは、ベッドの上である。

紫がかった薄闇のなか、ていねいに描き込まれた絵画のように美しい青年がまぶたを閉ざして眠っている。長く繊細なまつげと、すっと通った鼻すじ。かたちのいいくちびるは薄くひらいている。ひどく無防備な、けれどとてもきれいな寝顔にシュゼットは言葉を忘れた。

やがて、彼のたくましい両腕が自分の体にからみついていることに気づいた。両腕だけでなく、彼の脚までもが自分のそれにからめられている。数秒後、シュゼットの頬がかぁっと熱を持った。

「シュゼット……？」

眠たげな声に呼ばれて鼓動がはね上がる。

フィンは、青色の瞳をあけてシュゼットを見つめたのち、ひどく甘くほほ笑んだ。

「おはよう、シュゼット」

「お、お、お、おはようございます……」

フィンの大きなてのひらがシュゼットの頬にふれる。

「体、つらくない？」

「大丈夫、だと、思う……」

「すこし体温が高いみたいだね」

フィンは心配そうに眉をよせた。

「ごめん、さっきは激しくしてしまった。もう少しここで休んでもらいたいところだけど」

片腕の力で上体を起こし、フィンは壁かけ時計を見た。上掛けがずり落ちて彼のたくましい胸筋がさらされたので、シュゼットはあわてて目をそらす。

（イケメン有罪すぎてつらい……！）

「ああ、ずいぶん遅くなってしまったな。つい眠り込んでしまった。ご両親には夕食前に送り届けると手紙を送っておいたんだ。もうすぐきみを馬車に乗せないといけない」

いつのまに手紙の手配をしたのだろう。あいかわらず手際がよすぎる。

枕に頭を戻し、フィンはシュゼットの髪をなでた。とろけるような熱のこもった瞳で見つめられる。

「でも、もう少しだけこうしていてもいいかな。シュゼットが俺の腕のなかにいるなんて夢みたいだから」

「だ、だから、そういうきざなセリフは、だめだよ……」

きっと耳まで赤くなってしまっている。フィンのくちびるがひたいに押しあてられた。

「本心で言っただけなんだけど、そうだったね。シュゼットは、シンプルな言葉が好きだったね」

ほほ笑みながら、フィンはシュゼットの髪をなでていたてのひらをするりとすべらせて、小さなあごを持ち上げた。

「愛してるよ、シュゼット」

そのまま淡く口づけられて、澄んだ瞳で見つめられる。

「結婚しよう」

シュゼットはゆっくりと目を見開いた。

びっくりしすぎて声がでない。

フィンからのプロポーズは二度目だし、似たような言葉もたくさんかけられてきた。でも、自分から「フィンが好き」と告白したあとだと意識がちがってくる。

自分の好きな人からプロポーズされた。

そういう意識に、変わってくる。

「シュゼット？」

言葉のでないシュゼットを前に、フィンは心配そうな顔つきになる。

「大丈夫か？　やっぱりむりをさせすぎたかな……。ごめん、次からはもっと優しくするから――」

フィンの声はそこでとぎれた。

シュゼットの黒瞳から涙がこぼれたのを見たからだろう。

「フィン……」

涙にかすれた声でシュゼットはフィンを呼んだ。フィンが、その涙を指の背でそっとぬぐう。

「シュゼット……？」

「わたしも、フィンと結婚したい」

涙があふれて視界がゆがむ。フィンの顔が見えづらくなって、だから彼の頬に手を伸ばした。

ふれたとたん、強い力で抱きしめられて、くちびるがふさがれる。

「うん……ッ」

「かならず幸せにする」

深く口づけられ、角度を変えるあいまに熱くささやかれた。

「愛してるよ、シュゼット。きみを愛してる」

わたしも、と返した言葉にフィンは幸せそうな表情を見せた。

愛情をもらうばかりでなく、自分からも返していこう。シュゼットはそう思いながらフィンをそっと抱きしめた。


それからシュゼットは、夕食にまにあうようにフィンに馬車で送ってもらった。

「いますぐにご両親に結婚の許しを得たいところだけれど、指輪もなにも用意していないからがまんするよ。明日にでもご両親へ手紙を書くから待っていて」

星がともり始めた空の下、別れぎわに口づけを交わしてフィンは帰っていった。

遠ざかる馬車を庭で見送りながら、甘い余韻の残るくちびるをシュゼットは指先でたどる。

(わたし……本当に、好きな人と両思いになれたのかな)

さざめくような幸福感が体内を満たしている。

好きな人に振られることなく両思いになって、プロポーズまでされた。

こんなことが自分の身に起こるなんて、これまで考えもしなかった。

「フィン……」

つぶやきを春の風が攫《さら》った。

そのときふいに、シュゼットの胸を不安がよぎる。

「本当に、今度はちゃんと幸せになれるのかな」

これまでのように振られてしまわないだろうか。

言葉だけで交わしたプロポーズは、なにかのきっかけであっけなく覆されたりはしないだろうか。

フィンは、幼なじみであり社交界の花と讃《たた》えられるジーナへの想いを、完全に断ちきることができているのだろうか。

　シュゼットのなかのフィンへの恋心は、もうあと戻りできないくらい大きくなってしまった。前世のようにあっさり振られてしまったら立ち上がれなくなってしまうかもしれない。

「信じたい、けど……」

　前世のつらい経験と、ジーナに恋をしていたはずのフィンが重なって、シュゼットは黒々とした不安に小さく身をふるわせた。

第四章　これで三回

好きな人と両思いになれた幸福と、いつものように最後には振られてしまうかもしれないという恐怖のあいだで揺れながら、シュゼットは眠れぬ夜をあかした。

この不安はどうすればなくせるのだろう。

不安の原因ははっきりしている。前世のトラウマを乗り越えることができていないからだ。でも、どうしたら乗り越えられるのかシュゼットにはさっぱりわからなかった。

侍女に着替えを手伝ってもらいながら、疲れはてた頭で考える。

（ふつうは、プロポーズされたら幸せな気持ちでいっぱいになるはずだよね）

マリッジブルーというものもあるらしいが、シュゼットの場合はこれではないだろう。

（ジーナさんのことをフィンにずっと聞けずにいるのが、いけないんだよね……）

告白されて、二回も抱かれてプロポーズまで受けたのだから、気になることはなんでもフィンに聞いてしまえばいいと思う。

それができないのは怖いからだ。

（ジーナさんに振られた直後に、わたしを抱いたのはどうして？）

この問いに対するフィンの回答を予想すると、いちばんマシなのがこれだ。

『最初は失恋の傷を癒すためにシュゼットを抱いたんだ。その最中にきみに本気になってしまった』

フィンの本来の性格をねじ曲げているという自覚はある。不動の貴公子を体でほだせるほどの魅力が自分にはないということもわかっている。

けれど、これがシュゼットの経験から導きだせるもっともマシな答えなのだ。

(負け組の意識が、抜けてくれないんだよね……)

最初に抱かれたあとに気づいたが、フィンは、涼しげな外見とはうらはらにおそろしく情熱的な男性だ。

自分の好きな女性が許す姿勢を少しでも見せたら(フィンは、そういう心理を読むことに長けている)、自身の情動に歯どめをかけることはしない。そして、最後までかならず責任をとるだろう。

(『生涯をかけて待つ』なんて言ってたけど、謙虚に聞こえてじつはものすごく攻めの姿勢だよね)

もう一方で、ジーナのことについて質問したときのいちばん悪い回答も考えてみる。

『本当のことを言うと、まだジーナを想う気持ちが残っている。けれどシュゼットのこともきらいじゃないから、ジーナと結婚できないくらいならきみとしたい』

またしてもフィンの人格を曲解しすぎているとは思う。でも実際にシュゼットは、前世において男性の身勝手なふるまいに傷つけられてきたのだ。

考えすぎて頭のなかがごちゃごちゃになっている。気鬱の晴れないシュゼットは、気分転換に庭にでた。侍女を下がらせて、花壇のあいだをひとりで歩く。

目に染みてくるような青い空を見上げていると、少しだけ気分がすっきりしてきた。

『シュゼットは、シンプルな言葉が好きだったね』

ふいに、フィンの言葉がよみがえってくる。

そうだ。ごちゃごちゃと悩まずにシンプルに考えればいい。

自分の気持ちはわかっている。フィンのことが好きだ。

じゃあ、フィンは？

いまはきっと、シュゼットのことを好きでいてくれていると思う。

愛されているのかもしれないとも思う。

「信じてもいいのかな……」

フィンと結婚すると決めたのだから、こんなふうにうじうじ悩んでいたらだめだ。

シュゼットは、からまりきった思いを吐きだすように大きく息をついた。

（もう悩むのはナシ！）

決めたのだから、前に進まなければいけない。

好きな人と今度こそ幸せになるために。

「あら、どうしたのシュゼット。お散歩？」

ふいに背後から声がかかった。振り向くと母がいる。

シュゼットは笑顔を向けた。

「うん。ちょっと悩みごとがあったから散歩でもしようと思ったの。でももう吹っきれたから大丈夫」

「悩みごと？　もしかして、フィンさんのこと？」

「そんなところ」

シュゼットは笑顔のままで言った。

「でももう大丈夫。ちゃんと決めたから、大丈夫だよ」

「恋に悩みはつきものだけれど、つらいことがあったらなんでも話すのよ」

レオノーラは心配そうにため息をつく。

「あなた昨日、朝から部屋にこもっていると思ったら突然『公園に行く』なんて言いだして。夕方、フィンさんに連れられて帰ってきたときには涙のあとがあったでしょう？　母さまと父さまはとても心配しているのよ」

「ごめんなさい、ちょっといろいろあったの。フィンの取り巻きの女の子たちに囲まれて、いやみを言われてしまったりして」

「ええっ？」

「でも言い返してやったわ。つっかかってくることはもうないと思う」

「シュゼット、あなたそんな――」

レオノーラは絶句したようだった。やがて、気を取り直したように言う。

「フィンさんは理想的なお相手だと思うけれど、いちばんたいせつなのはあなたが幸せになれるかどうかなのよ。それを忘れないで、シュゼット」

「ありがとう、お母さま。でも大丈夫よ、心配しないで」

フィンといっしょに幸せになる。

いまはそのことだけを目指していこうと、シュゼットは心に決めた。

しかし、問題は思わぬところから生まれてきた。

その知らせを耳に入れたとき、シュゼットはがく然とした。

「ブルーイット家からの婚約の申し入れを保留にしたって、どういうことなのお父さま」

書斎に駆けつけたシュゼットを、バーナードは厳しい顔で見返してくる。

「シュゼット。おまえ、本当にあの青年でいいのか。後悔しないか？　私は、フィン君はおまえにふさわしくないと思っている」

シュゼットは目を見開いた。

貴族の子息と子女の婚姻は当人同士だけのものではない。家同士のものでもある。

伯爵位を持つシュゼットのロア家も例外ではない。名家中の名家、ブルーイット侯爵家であれば言わずもがなである。

シュゼットからプロポーズの承諾を得たフィンは、まず自分の父親に報告した。フィンの父は了承し、この話を進めるためにシュゼットの父に連絡を取った。

シュゼットの両親はフィンを気に入っていたし、なによりブルーイット家からの婚約の申し入れである。ロア家がこれを退けることは、常識と照らしあわせても考えられない。

だからこそシュゼットは、まさかこんなところでつまずくとは想像もしていなかったのだ。

「ふさわしくないって……。お父さまは、フィンのことを気に入っていたのではないの？」

「たしかにフィン君はいい青年だ。ブルーイット家もしっかりしたところだし、いい縁談だとは思う。けれどシュゼット。おまえは本当にフィン君といっしょになりたいと思っているのか？」

「な――なりたいわ。なりたいに決まってるじゃない。お互いの想いをフィンと確認しあった上での話だもの」

シュゼットは必死に訴えるが、バーナードの表情は険しいままだ。

「レオノーラから聞いたのだが、おまえ、フィン君を慕っている女性らにからまれたそうじゃないか。そのときフィン君は、おまえをちゃんと守ってくれたのか？」

「あたりまえよ。フィンがちゃんと場をしずめてくれたわ」

「しかし言い返したのはおまえのほうだったんだろう？　ちょうどあのとき、私の友人があの場に居あわせていたようなので話を聞いてみたんだ。それによると一方的におまえが責められて言いあいになったのちに、フィン君がやっと仲裁に入ったそうじゃないか。後手にまわった対応だとしか思えないぞ」

父親の短絡的な考えに、シュゼットはカチンときた。

「ああいうときにフィンが強引に抑えつけると、あとでもっとやっかいなことになるの！　わたしがはっきりした態度を示してからじゃないと向こうになめられて、フィンに見つからないようなところでねちねちいじめられることになるのよ。フィンはそれを計算して、うまくおさめてくれたの」

「計算か、なるほどな。うわさどおりだ」

「うわさ？」

シュゼットは眉をよせる。

「なに、うわさって」

「シュゼット。おまえ、フィン君が不動の貴公子と呼ばれていることを知っているだろう？」

「ええ。お父さまから聞いたもの」

「その二つ名が、別の意味を持っていることは知っているか？」

シュゼットは首を振った。

不動の貴公子とは、社交界で彼に並び立つ者のない紳士のなかの紳士であるという意味だ。それ以外に思いつかない。

そういえば、フィン自身はこの名をきらっているようだった――。

「不動の貴公子。『心を動かさない』という意味だ」

シュゼットは、バーナードの言葉の意味をつかめない。

「わからないわ。どういうこと？」

「これは私も最近聞いた話なのだがな。頭で計算してむだを省き、自分に利があると予測できることにしか動かない。つまりは合理主義者ということだ。女性関係について言えば、放っておいても向こうからよってくるから自分から動くようなことはしない。労力がむだだからだ。不動の貴公子とは、そういう裏の意味があると聞いた」

「ちょっと――待ってよ」

シュゼットはがく然として、そののちにいきどおりさえ覚えた。

「待って、お父さま。それはちがうわ。そのうわさはまちがってる。フィンはものすごく情熱的な人なのよ。合理的だとか、むだなことをしないとか、そういうのは全部うそよ」

「しかし、現にフィン君は頭で計算しておまえをかばわなかったじゃないか。ふつうの男なら、好きな女性がからまれているときは体が先に動くものだ。いてもたってもいられなくなるものなんだ。しかしフィン君にはそれがなかった」

「それは気性や考えかたのちがいというだけでしょう？　そのことでフィンがどうして非難されるのか、ぜんぜんわからないわ……！」

「いいかシュゼット。私が危惧していることはこうだ。フィン君は、もしかしたらひどく冷たい人間かもしれない」

今度こそシュゼットは言葉を失った。

シュゼットの様子をこまかく見つめるようにして、バーナードは続ける。

「フィン君と出会ってからというもの、おまえは落ち込んだり悲しんだりすることが増えた。おまえのそういう姿を見ることに、私はこれ以上耐えられん」

「それは……わたしのほうに、問題があるから」

「おまえに問題があるはずないだろう」

バーナードは眉間にしわをよせた。

「親ばかの意見かもしれないが、おまえはまっすぐ優しい子に育った。少々がさつなところはあるが、そこは愛嬌で充分カバーできている。相手方が名門侯爵家であろうがなかろうが、おまえはどこへ出してもまったく恥ずかしくない娘だ」

本当に親ばかである。シュゼットは、情に流されそうになったところをぐっとこらえて自分をとり戻した。

「フィンは冷たくなんてないわ。とっても優しい人なのよ」

初めて会ったときに感じたのだ。

この男性は、人の心を思いやれる優しい人なのだと。

「気がまわりすぎて賢すぎるところがあるから、周囲からはいつでも冷静で乱れない人みたいに見えるかもしれない。でも、冷たい人間だと決めつけるのはあまりに短絡的だわ」

「しかし、おまえはいつも不安そうな顔をしているじゃないか。親の目をごまかせると思うな」

「不安なんて、これっぽっちも感じてない！」

言いきって、シュゼットは肩で息をしている自分に気づいた。うそをついたから、息が乱れたのだ。

不安はある。フィンを信じきれない自分がいる。

けれどそれはフィンが悪いのではない。過去を克服しきれない自分が悪いのだ。

それはフィンの罪ではない。

人の心は変わる。否応なく。それを受け入れきれない自分が悪いのだ。信じきれないと嘆く自分が弱いのだ。

バーナードの目に心配そうな色が浮かんだ。

「……とにかく、婚約の話は保留にする。もう少しフィン君の人柄を見極めて――」

「フィンが、そのあだ名をいやがっている理由がやっとわかったわ」

目の奥が熱くなって、気づいたら涙がこぼれていた。

あんなにも優しい人を、一般的な型にはまらないからといって冷たい人間というレッテルを貼るなんてひどすぎる。

(きっとやっかみもあるんだ。絶対にそう)

周囲がよりよくなるように、いつも気を配っている人なのに。

「シ、シュゼット大丈夫か。泣かないでくれ、シュゼット」

シュゼットは、オロオロし始めた父親をにらみつけて言い放った。

「わたしからすると、不動の貴公子よりも、動きまくる脳筋男のほうがよっぽどいやよ！　ものすごーく苦労させられそうだもの！」

「の、のうきん？　とはなんだ？」

「お父さまみたいな人のことよ！」

バーナードは大ショックを受けたような表情になった。シュゼットは、怒りにまかせて部屋をでる。

(フィンに会いにいかなきゃ)

ドレスに脚をもつれさせながら廊下を走って、シュゼットは袖で涙をぬぐった。

婚約話を保留にされてどう思っただろう。きっと傷ついている。

(わたし――ジーナさんのことでいつまでもうじうじ悩んでばかりで、本当に情けないよ)

わかっていたはずだ。

フィンの想いをきちんと感じていたはずだ。

あの情熱的で優しい人が、心の底からシュゼットを好きでいてくれるのだとわかっていたはずだ。

それなのに前世にとらわれ続けてフィン自身を見なかった。いまこのときを、考えなかった。

前世におびやかされていたのではない。前世に逃げ込んでいたのだ。

人の心は変わる。わかっている。だからもう二度と恋をしたくない。

それは、わかっているふりをしていただけだ。これ以上傷つきたくないと、逃げ続けていただけだ。

傷つくことがあるなんてあたりまえだ。だって自分は、恋をしているのだから。

そして、それ以上の想いをフィンから与えられ続けている。それが恋そのものをいうのだとしたら、今世でもそれを選びたいとシュゼットはやっと思うことができた。

「どこにいくの、シュゼット！」

玄関の扉をあけてエントランスへでるシュゼットを、母の声が追いかけてくる。

エントランスの短い階段の下、明るい陽のさす庭園に、一台の馬車がとまったのはそのときだった。

ブルーイット家の紋章が刻まれた、二頭立ての箱馬車――。

「フィン！」

駆けよるシュゼットを、馬車から降りてきたフィンは驚いたような表情で受けとめる。シュゼットは、ぎゅっとフィンを抱きしめた。

「フィン――ごめんなさい。ごめんね、フィン」

「シュゼット？」

心配そうにフィンはシュゼットの顔を両手でそっとはさんだ。青い瞳に見つめられる。それだけで胸がしめつけられた。

「どうしたの、シュゼット。階段を走ったらいけないよ。ただでさえ、きみはあぶなっかしいんだから」

「フィンに会いにいこうと思ったの。謝りたくて――」

「謝る？」

フィンの親指がシュゼットの涙をぬぐう。

「なぜ？　きみが謝る必要のあることなんて、ひとつもないよ」

「お父さまが婚約を保留にしちゃったから……、お父さまはフィンに、ひどいこと言わなかった？」

「なにも言われてない。回答を保留したいと俺の父伝《ちちづた》いに手紙で教えられただけだ。大丈夫だよシュゼット。きみは心配しなくていい」

シュゼットの涙をフィンの指が何度もぬぐう。シュゼットは首を振った。

「いちばんだめだったのはわたしだったの。わたしが不安に感じていなければお父さまもきっと、フィンを疑うことはなかったから」

「……シュゼット。きみが不安になっているのは、もしかしたら俺の幼なじみのことで――」

「もういいの。わたしがばかだったの。フィンは、わたしのことを好きでいてくれてるってわかってた。わかってたよ。ごめんね。好きだよ、フィン」

「……っ」

息をつめたあと、フィンは両腕をシュゼットの体にまわしてきつく抱きしめてきた。

「俺もきみが好きだよ、シュゼット」

「不動の貴公子だなんて。冷たい人間だなんてひどいよ。フィンはこんなにも優しい人なのに」

フィンの体が小さくふるえたような気がした。直後、強い力で胸の奥深くへ抱き込まれる。

「シュゼット……」

いとおしさをこめたようなささやきが耳にふれて、シュゼットはじんと胸を熱くした。

(ずっといっしょにいたい)

この人と、いつまでもずっといっしょにいたい。

それが、結婚したいということなのだろう。

出会ってから——初めて体をかさねてからずっと、フィンが伝え続けてくれたことだ。

「こんなに泣いて」

シュゼットの濡れた頬に片手を添えて、フィンはかすれた声で言う。

「きみを絶対に泣かせないと言ったのに、自分が情けなくてしかたがないよ」

くちびるが重なって、ふれあったところから甘やかなしびれが広がった。シュゼットの頬をなでながら、フィンは静かにキスをし続ける。

「すまないシュゼット。きみが安心して笑えるように、俺にできることならなんでもするよ」

体内にぬくもりが満ちていくように感じて、シュゼットは目を閉じた。ずっとこうしていたい。フィンの腕のなかにずっといたい。

そのとき、大きなせきばらいが背後から聞こえてきた。

「おまえたちは、いつまでそうしている気かね」

「!?」

シュゼットが我に返るより先に、フィンが、あわてた様子でキスをほどいて体を離した。

フィンを見上げると、わずかに耳が赤らんでいる。

「……すみません」

フィンは、めずらしく弱ったような声をだしてバーナードに一礼した。

「申し訳ありません。お屋敷の庭園でご息女にふらちなまねを……。どうかお許しください」

あの程度の口づけでふらちなまねになるのなら、実際のところをバーナードに知られたらフィンはどう謝罪をするつもりなのだろう。

父親に恋人とのキスシーンを目撃されてしまったというどうにもならない状況を前に、シュゼットは、ななめに状況を見ることで混乱と恥ずかしさを乗り越えようとした。

（べろちゅーでさえなかったんだから、フィンにしてみたらさっきのキスは手をつなぐくらいのものだよね。だから大丈夫。キスを見られたって平気平気）

しかし父は苦い顔である。そのうしろには、「あらあら」といった様子の母が控えている。状況はまったく平気ではなかった。

「フィン君」

「はい」

「謝罪するというなら、まずは、私の娘からその腕を離してくれないかな」

「……。申しひらきもありません」

ひどく気まずそうにフィンはシュゼットから腕を離した。シュゼットも気づかなかったが、フィンに片腕で腰を抱かれたままだったらしい。ぬくもりが消えて、そんな場合ではないとわかりつつもシュゼットは少しさみしい気持ちになってしまう。

フィンは、三秒ほど目を伏せたのちに顔を上げた。その表情に動揺はもう残っていなかった。

「突然の訪問をお詫びいたします。ロア卿にどうしてもお会いしたかったのです。いま少し、僕にお時間をいただけないでしょうか」

「それは娘との婚約のことかね」

「はい」

まっすぐな声音でフィンは答えた。さらさらした金色の髪が春の風に流れた。

バーナードは、しばらくのあいだしかめ面《つら》をしていたが、やがて肩から力を抜くようにため息をついた。

「承知した。こちらの対応もいささか礼を失していたことは自覚している。理由も言わず回答を保留して申し訳なかった」

「いいえ。たいせつなご息女の一生にかかわることですから」

静かな声を返すフィンに、バーナードは、口の端に笑みを浮かべたようだった。

家令がやってきてフィンを客間へ案内していく。

シュゼットが、いっしょについていっていいものか迷っていると、バーナードに頭をぐしゃぐしゃとかきまぜられた。

「なっ、なにするのよ、お父さま」

「なにするのじゃないだろう！　まったくこのはねっ返りめ。庭で堂々と男に抱きつくなど、レディとしての自覚がなっとらん」

バーナードが渋面を作って見下ろしてくる。シュゼットは、はしたないことをしたという自覚がある分立場が弱い。

「でも、もとはといえば、お父さまがひどいことを言うから……」

「たとえそうだったとしても、白昼に外で男と口づけを交わす淑女がどこにいる！　もっとはじらいを持て！」

「……はーい」

どう考えても正論なので、これ以上の反論をシュゼットはあきらめた。

レオノーラがやれやれといった様子でため息をつく。

「シュゼットもシュゼットだけど、あなたもあなたよバーナード。たしかにわたしは、シュゼットが公園でいやな思いをしたらしいということをあなたに教えたけれど。でもまさかあなたが、当時の状況をお友だちに聞きまわるようなことをするなんて想像もしなかったわ。血まなこになってフィンさんのよくないうわさをかき集めて、ここ最近あまり眠れていないわよね？」

妻からの突然の暴露に、バーナードは目に見えてうろたえ始める。

「わ、私はただ、シュゼットが心配で」

「それにしては大仰よ。まるでほかの男のもとへ愛娘がいってしまうのを必死でとめようとヒステリーになっているように見えたわ。シュゼットに結婚をせっついておいて、いざそれが目の前に来るとパニックに陥るだなんて、これだから父親という生きものはどうしようもないわね」

「お、おい、レオノーラ！」

「わたしはこの婚約に賛成よ。不安にもなるわよ、だって恋をしているのだもの。あたりまえのことだわ。ねえシュゼット？」

レオノーラがこちらを見てほほ笑んだ。シュゼットはどきりとする。

「恋をしているから、あたりまえなの？」

「ふふ、そういうことも知らなかったの？　これはフィンさんに申し訳がないわね」

レオノーラはくすくす笑った。

「し、知ってるわ。知っているけれど、不安に耐えきれなくなるときだってあるもの」

「そうね。耐えきれなくなったとき、どうすればいいか知っている？」

「……。泣く」

ベッドにつっぷして泣くのが、前世からシュゼットの定番だ。

レオノーラは肩をすくめた。

「ちがうわ。恋人に甘えるのよ」

「甘える？」

そう言われてみれば、フィンに甘えようとしたことはなかった気がする。というよりも、甘えかたがよくわからない。

先まわりが得意な人だから、なんだか自然に甘えさせてくれているような気もするけれど。

「お母さまはお父さまにどうやって甘えていたの？」

「そうねぇ。いろんなやりかたがあるから今度教えてあげるわ。たとえば『会えなくてさみしかった』と瞳を潤ませながら彼の肩に頭をあずけるとか……」

「なるほど！」

「おいレオノーラ、シュゼットによけいな知識をつけさせるな。若い男は猿とおなじなんだ。そんなことをしたらシュゼットの身が危険にさらされるだろう！　私は結婚するまでは認めんぞ、先ほどの抱擁すら許さんのだからな！」

いきどおるバーナードを、レオノーラはあきれたような目で見た。

「あなた、自分のことを棚に上げてよく言えるわね」

「ぐっ」

「えっなになに？　お父さまは恋人期間中はどんな感じだったの？」

「この人の言うとおり、まごうことなきお猿さんだったわ」

「れっ、レオノーラ!!」

威厳喪失の危機を察してか、バーナードは悲痛な声を上げた。


結果的に、そのあとの話し合いはうまくまとまった。

バーナードが完全に覇気を失っている状態だったということもあるが、フィンによるところも大きかったようにシュゼットは思う。

凛と背すじを伸ばしまっすぐなまなざしで言葉を紡ぐフィンは、絶対にこの婚姻を許してもらうのだという意志に満ちていた。シュゼットは、そんな場合ではないのに彼の横顔にみとれてしまったくらいだ。

バーナードは最終的に、白旗を揚げるように笑みをにじませた。

「わかった。婚約の申し入れをお受けしよう。保留にしたいという手紙を送った翌朝に身ひとつで乗り込んでくるような情熱を示されてしまったら、父親としてなにも言えない。シュゼットを頼んだよ、フィン君」

バーナードは、近く両家が顔をあわせる場をととのえることを約束した。

シュゼットは胸をなでおろしつつ、帰りの馬車のところまでフィンを見送りにでる。

「なんとかまとまってよかったたぁ……」

「俺はなにがなんでも、まとめる気でいたけどね。シュゼットをあきらめるという選択肢は最初から持ってない」

馬車の前でフィンはシュゼットを振り返りほほ笑んだ。シュゼットは熱くなる頬をごまかすように話題を変える。

「ええと……。わたしのお父さまはこれで大丈夫だと思うけど、フィンのおうちのほうは大丈夫なの？　ブルーイット家からしたらロア家はだいぶ格下に見えるだろうし、第一わたしは社交界で変わり者って思われているらしいから……」

「俺の父親なら問題ないよ。もともと色恋方面に口をだしてくるような性格の人じゃないし」

「結婚となると話は別にならない？」

「二つ返事で了承していたよ。ロア家は歴史の古い良家だし、代々の当主殿の評判もいい。それでも心配？」

「うん……。ブルーイット家は、すごく立派な家柄だからやっぱり心配」

フィンは苦笑しつつ、シュゼットの頬をなでた。

「たしかに俺の父親は厳しい人だよ」

「や、やっぱり……！」

「でも、厳しいのは跡取りである俺にだけだ。いい意味で……といったら語弊があるかもしれないが、男性優位の考えを持った人でね。俺の母や姉もふくめて、女性の行いに目をとめて口をだしてくることはない。だから安心して」

「ああ、そういう男の人いるよね……。なら、フィンは長男だから厳しく躾けられたりしたの？」

だからこそ社交界一スマートな紳士に育ったのかもしれない。

フィンは困ったようにほほ笑んだ。

「うーん、そうだね。思いだしたくもないほど厳しかったかな」

「そんなに？」

「うん。でも、そのおかげで侯爵家の跡を継ぐのに不安はないよ。俺の姉は王室に入る。王族とのかかわりも増えるだろうから気が抜けないし、むずかしい折衝ごとも増えてくるかもしれない。だからこそ、さまざまなことを頭と体にたたきこんでくれた父親には、いまとなっては感謝してるかな」

「そうなんだ。教育パパかぁ。たいへんだったんだね。よくグレなかったね、フィン」

「ぐれ……？」

「ええと、性格がねじ曲がって育たなくてえらいなぁって思って。フィンは、誠実だし優しいしイケメンだし、フィンと自分が結婚するなんてまだ信じられなくて」

するとフィンは、シュゼットの髪を手にとって黒くつやめくそれに口づけてきた。いとおしげなそのしぐさに、シュゼットの鼓動がはね上がる。

「フィン？」

「ありがとう、シュゼット」

「えっ、わたし、お礼言われるようなこと言った？」

「きみと結婚できることが夢のようだと思っているよ」

フィンのくちびるが、今度はシュゼットのくちびるにふれる。

やわらかい余韻を残して、それはゆっくりと離れていった。

「シュゼットが好きだ」

「フィン……、っん」

「好きだよ、シュゼット……」

いくつもの淡い口づけを与えられ続けて、シュゼットは、大好きな腕のなかでとけてしまいそうな幸せに包まれた。

そんなシュゼットが、これ以上ないほど苦々しい顔をした父親に「おまえという子は、庭で男とまた口づけなんぞをして……！」としかられたのは、夢見心地で屋敷に戻ったあとの話である。


「ジーナ？」

うららかな昼下がりのことである。

仲のよい幼なじみの姿を中央公園の片隅で見つけたフィンは、彼女に声をかけた。

シュゼットの父親から婚約の申し入れを保留されて、いてもたってもいられずシュゼットの屋敷に押しかけたときから二日を数えた日のことである。

求めてやまなかった少女が、やっとこちらを振り向いてくれた。その奇跡と幸運に、フィンはガラにもなく浮かれきっていた。

彼女の生家・ロア家と婚約についての話し合いの場を一週間後に控え、近侍をつけずひとりで馬に乗り、ゆっくりと春の日差しを楽しんでいたところだった。

「フィン……」

ジーナは、儚《はかな》くきらめく緑色の瞳を涙に潤ませながら馬上のフィンを見上げてきた。

彼女の様子にフィンは眉をよせた。

四つ年下の幼なじみは、ひとめにつかない木陰にひっそりとたたずんでいた。周囲を見わたしても侍女の姿はない。

まさか侍女を馬車のところに置いてきたのだろうか。フィンは馬から下りて彼女に近づいた。

「ひとりなのか、ジーナ。軽率なことをしてはだめだ。あぶないだろう」

「ごめんなさい……」

兄にしかられた妹のように、ジーナはうなだれた。

「ごめんなさい、フィン。でもとっても落ち込むことがあったから、どうしてもひとりになりたかったの」

「それでもだめだよ」

フィンはため息をつきながら、木に馬をつないだ。

「ルガート伯爵が心配する。やっとのことで彼との婚約をとりつけることができたんだろう？　きみを愛してくれている男性を心配させるようなことをしてはいけないよ」

ジーナは神妙な顔をしてうなずいた。フィンは、ひとつ息をついたあとほほ笑む。

「ひさしぶりに会ったのに、すぐにお説教をしてすまない」

「いいの。フィンの言うとおりだと思うから」

ジーナは表情をゆるめた。

彼女をしかるときにルガート伯爵の名を――近く、ジーナとの婚約発表を控えている男性である

——だしてしまったのは、自分の恋人が供をつけずひとりで公園にたたずんでいることを想像したら、心配でしょうがなくなってしまったからだ。

シュゼットは実際に、侍女をつけずに公園の花畑へ来て貴族の令嬢たちにからまれたことがある。あのときは、あとさき考えずシュゼットをかばいたい衝動に突き動かされそうになった。しかし体中の理性をかき集めてこらえた。

いっときの感情で動いて、彼女を社交界にいづらくさせてしまったらどうしようもない。そしてシュゼットなら、意地の悪い令嬢たちを黙らせるくらいのことは言ってのけるだろうと信じたからだ。

(こういうところが合理的で冷たいと評されるゆえんなのだろうけどな)

自分が気にかけた人にとってよりよい言動をとるように、瞬時に計算して動くクセがフィンにはある。

そのときの、周囲からの評価はまちまちだった。ありがたいと感謝されたときもあるし、冷たくて人間味がないと責められたときもあった。

そのたびに、自分はまちがっているのか正しいのかわからなくなり深く考え込んだものだった。結局答えはでなかったけれど、いまはもう、周囲の評価は流れに任せておけばいいと考えるようになっている。

(たったひとりに受け入れてもらえればそれでいい)

初めて会った日の夜、貴族の子女らしくない自由な言動でこちらを惑わせて、その上くったくのない無防備な笑顔でシュゼットはフィンに語りかけてくれた。

彼女はフィンを優しいと言った。その言葉は、たとえば「正しい」とか「適切だ」とか、そういった言葉に置き換えることもできたのだろう。

けれど、「優しい」という表現をシュゼットはとってくれた。それがフィンにとってなによりも救いになった。

フィンの父は褒めることをしない人だ。ただ厳しいだけの父だ。だからこそフィンは、他人から百の賞賛を得ても、一の中傷を受けることによって自分の正しさをたやすく見失うことが多かった。

(自分の、確固たる中心がなかった)

その場にあわせたほほ笑みという仮面をかぶり、表向きの意味での不動の貴公子でい続けていた。それがどれほどむなしいことかということを——これこそが孤独だということを、理解しながら。

「ごめんなさい、フィン」

ジーナの声に、フィンは思索から引き戻された。

見ると、ジーナは悲しみをいっそう深めた表情をしている。

「どうしたの、ジーナ」

フィンは、ジーナがもっとも落ち着いて聞けるトーンに声を落として尋ねた。

最近は、どんなことでもシュゼットにつなげて考えてしまうから、周囲への気配りが欠けてしまっているような気がする。

これからシュゼットと婚約をするのだから、ブルーイット家との婚姻に不安を感じている彼女をちゃんと守れるよう、気を引きしめていかなければならない。

「ジーナ。悩んでいることがあるなら話して。力になれるかもしれない」

「ええ……」

ジーナはしばらくうつむいていたが、やがて顔を上げた。

フィンにとってジーナは妹のような存在だ。弟分のシェインもふくめてたいせつに感じている。

けれどその思いは、シュゼットに向かう感情とはまったくちがうものだった。

ジーナがルガート伯爵と幸せになることはフィンにとって喜ばしいことである。しかしシュゼットが、自分以外の男のとなりにいることは耐えがたい。

「あのね、フィン。ルガート伯爵が……アランが、自分とわたしが婚姻を結ぶのはわたしのためにならないと言いだしたの」

ジーナの弱々しい声を聞いてフィンはため息をついた。

「またか。その考えを何度くり返せば気がすむんだ、ルガート卿は」

「アランは最初の奥さまを亡くしているでしょう？　お子さんも三人いて、だからこそ、わたしが後妻になるということを気に病んでいるようなの。アランがわたしより十五も年上だということも気になるみたい。きみにはもっとふさわしい相手がいるはずだと泣いていたの。わたしはアランが大好きなのに、なにも言えなくて……。どうすればいいの、フィン」

舌打ちしたいのをフィンはぐっとこらえた。

世の中は、アラン・ルガートのような腰抜けを「人間味がある」だの「相手の気持ちによりそっている」だのと評するのである。フィンからしたら、首根っこをひっつかんで「いいかげんにしろ」と一発殴りつけたい種類の男だ。

けれどジーナが彼に心底惚れているのだから、（シェインには悪いが）兄貴分としてはその気持ちを尊重しなければならない。

実際、たおやかそうに見えていざというときにはたくましさを発揮するジーナと、地位と権力はあるけれど心根の繊細すぎるアラン・ルガートは、どう考えてもぴったりの組みあわせであった。

「ジーナ。ルガートはもともとそういう気性の男だ。だからこそきみも彼に惹かれたんだろう？」

ジーナはハンカチで涙をぬぐいながら頬を染めた。

「ええ。アランは、詩人のように繊細な心を持った人なの。そういうところが大好きよ。守ってあげたいと感じた男性に、人生で初めて出会えたの」

「その想いをつらぬかなければあとで絶対に後悔する。悩んだり泣いたりするのは、いまできることをすべてやりきってからだ。ジーナはいま、なにがしたい？」

ジーナは、瞳を潤ませながらフィンを見上げた。

「アランに会いたい。会って、それでもあなたが好きって言いたい」

幼なじみのひたむきな想いに、フィンはほほ笑みを浮かべた。

「ならそうすればいい。ルガート卿の屋敷まで送っていくよ」

「ありがとう、フィン」

「うまくいかなかったときにはいつでも話を聞くからな。ジーナが許すなら、いつまでたっても煮えきらないルガートの尻を引っぱたいてやってもいい」

ジーナはくすくす笑ったあと、幼いころ何度もそうしたようにフィンに抱きついてきた。

「本当にありがとう。フィンがいてくれてよかった。ずっと昔から大好きよ」

「俺もきみをたいせつに思っているよ。小さいころからその思いはいまも変わらない」

もう年ごろなのだから不用意にこういうことをしてはいけないと、日ごろからフィンはジーナによく言い聞かせていた。けれど今回ばかりはしかたがない。

フィンは、ゆるく弧を描くジーナの髪をなでた。

「勇気をだして。ジーナはかわいくていい子なんだから、かならずうまく――」

そのとき、カサリと芝を踏む音が聞こえてきた。

だれか来たのかと思ってジーナの体を離した。それからフィンは、振り向いたその先にたたずんでいた人影を見て息を呑んだ。

「あ……」

シュゼットは、とまどったように一歩うしろへ下がる。その背中を支える位置に立っていたのはフィンの友人のシェインだった。

「わたし、天気がいいからお散歩しようと思って……。そうしたらシェインに偶然会ったから、いっしょに」

「シュゼット」

「フィンは……ジーナさんと、いっしょだったんだね」

そのとき、シュゼットの瞳が涙で潤んだ。黒曜石のような瞳が悲しみに染まるのを見て、フィンはとっさにシュゼットの腕をつかむ。

「シュゼット、きみはもしかしたら勘ちがいをしているのかもしれないが、俺とジーナはただの」

「わかってる、から、離して、フィン」

シュゼットに手を振りほどかれて、フィンは目を見開いた。

シュゼットは、陽気に誘われてのんきに公園へでてくるのではなかったと後悔していた。人生でいちばん見たくなかった場面にでくわしてしまったからだ。

侍女とともに散歩を楽しんでいたら、フィンの友人であるシェイン・ベイカーに偶然会った。何日か前にフィンを介して午餐会で話しただけの仲だったが、シェインはとてもひとなつっこい性格をしていたため、すぐに打ちとけることができた。

若者のあいだで流行っているボードゲームのことや、ピクニックランチにぴったりの川辺の場所など、いろんなことを教えてもらいながら歩いているうちにとある光景をシュゼットは目にした。

少し脇にそれた木陰で、若い男女が仲むつまじげにしゃべっている。シュゼットはすぐに、彼らがフィンとジーナであることに気がついた。大好きな人の姿と、ずっと気に病んでいた少女の存在を見まちがえるはずがない。

「あれ、あいつら。すみっこでコソコソとなにやってるんだろう」

となりでシェインが首をかしげた。フィンとジーナはまだこちらに気づかない様子だ。

シュゼットの足はその場に立ちどまってしまって、ちっとも動いてくれなかった。しかしふたりのほうへシェインが歩いていってしまったので、鈍い動きながらもシュゼットは彼についていった。

そのとき耳にしたフィンとジーナの会話は、シュゼットを動揺させるのに充分すぎるものだった。

「フィンがいてくれてよかった。ずっと昔から大好きよ」

「俺もきみをたいせつに思っているよ。小さいころからその思いはいまも変わらない」

ひとけのない木陰で、互いを思いやるようにそっと抱きしめあいながら、ふたりは幸せそうにほほ笑んでいた。

(――信じないと)

シュゼットは真っ先にそう思った。

(フィンを、ちゃんと信じないと)

けれど、吹っきれたはずの前世が黒い腕を何本も伸ばすようにシュゼットを包み込もうとしてきた。シュゼットが思わずあとずさって、その音に気づいたのかフィンがジーナからすぐに体を離してこちらを振り向いた。

シュゼットはきっと、ひどくこわばった顔をしていたのだと思う。あわてた様子のフィンがシュゼットの腕をつかんできて、「シュゼットは誤解している」というようなことを訴えてきた。

誤解。そう、誤解だ。だから傷つく必要なんてない。

仲のいい幼なじみ同士のふれあいだというのなら、ちょっとしたやきもちをやくぐらいでいいはずだ。

けれどシュゼットは、気づいたらフィンの手を振りほどいていた。

「シュゼ――」

「ごめんなさい。ちょっと、頭のなかがぐちゃぐちゃになっただけだから大丈夫。昔の失恋を思いだしちゃって」

振りほどいたはずみで乱れた髪に、こまかくふるえる指を差し入れて直しながら、シュゼットは笑う努力をした。

視界の端でシェインとジーナがとまどったような表情をしている。

ついさっきまでジーナはフィンに抱きよせられていた。その光景が頭から離れてくれない。

——どんなに好きでも、最後には振られる。

今度こそ本物だと確信しても恋は強制的に終わってしまう。

フィンが好きだと気づいて、フィンもそれに応えてくれて結婚の約束を交わして——、それでやっと、前世を吹っきることができたと思ったのに。

(ああ、やっぱりまだ、だめだったんだ)

前世に傷ついたことと、いま見た光景が、シュゼットをかき乱した。どうしていいのかわからない。なにを言えばいいのか、なにを思えばいいのかすら、わからなくなってしまった。

フィンの手がふたたび伸ばされる。

「シュゼット。俺の話を聞いてくれないか」

「離してって、言ったじゃない！」

叫ぶように言って、シュゼットはフィンの手を打ち払った。それをきっかけにして涙がぽろぽろとこぼれてしまう。

フィンは眉をきつくよせた。

(本当に、わたしはだめだ……。ろくにフィンの言葉も聞かずに、ヒステリックに怒鳴るなんて最低だ)

シュゼットの過去の恋愛をフィンはとても気にしていた。それなのに昔のことをまた口にだしてしまった。

自分が情けない。でもフィンの顔を見ることができない。

シュゼットは、手の甲で涙をぬぐいながらしゃくりあげた。

「ごめんね、フィン。いまはだめなの。いまはフィンといっしょにいたくない。ごめんね」

「……。いっしょにいたくない？」

フィンの声が低くかすれている。声音が怒りをはらんでいるような気がして、シュゼットは肩をふるわせた。

「怒らないで。ごめんなさい」

顔を両手で覆ってシュゼットは弱々しく訴える。心が乱されすぎてしまってどうにもならない。

「聞いて、シュゼット。俺は怒ってなんかいない」

感情を極力抑えたようなフィンの声がして、でもシュゼットは顔を覆ったまま首を振った。

（いまは、むり――）

一秒でも早くここから逃げだしたい。胸を占めるのはそればかりだった。

こんなみっともない自分を、ジーナやシェイン、そしてなによりもフィンに見られたくない。

しばらくの沈黙のあと、フィンがこちらに近づいてくる気配がした。

びくっとおびえてあとずさったとき、顔を覆っていた指先に、やわらかなぬくもりがふれた。シュゼットの動きがとまる。

「……いいよ。わかった」

フィンに口づけられた指先を、シュゼットはゆっくりと顔からはずした。すぐ近くにフィンの瞳があって、優しい青色のなかにはせつなさが揺れていた。

シュゼットは、心がひどくしめつけられて——だからこそ、フィンの両手がそっとシュゼットの頬をはさんで、親指で優しく涙をぬぐっても、振り払うことを忘れてしまった。

「わかった。いまは、きみを逃がしてあげる」

シュゼットの瞳から涙の粒がまたこぼれ落ちる。すべらかな頬を伝っていくそれを、よせたくちびるでフィンはそっと受けとめた。

フィンのふれたところから、じんとしたあたたかさが広がる。こわばっていた全身から力が抜けて、そうしたら彼のくちびるが下にすべってシュゼットのそれに重なった。ふれるだけの淡い口づけは、離れたあとも甘い余韻だけをシュゼットに残した。フィンは、青く澄んだ瞳を優しくゆるめてシュゼットを見つめている。

甘い低音で、ささやいた。

「でも次は、捕まえるよ」

第五章　優しい指先

自分の精神的ダメージは思ったより深刻なものだったらしい。

公園から逃げ帰って以降、十日ものあいだ部屋にこもってシュゼットは悶々としていた。

(ずっとこもって悩んでいたって、どうしようもないのに)

両親がとても心配しているのはわかっている。けれど、食事のとき以外は部屋からでない日が続いていた。

でたくないというよりも、でる元気がないと言ったほうが正しいだろう。この十日で二キロくらいやせた気がする。こんなダイエット方法は取りたくなかった。

ソファに両脚を伸ばしたまま、シュゼットはクッションを抱えてため息をつく。

「やっぱり、振られちゃうのかなぁ……」

公園での光景を目撃したときシュゼットは混乱しきっていて「これはなにかのまちがいだ、フィンを信じなければ」とばかり思おうとしていた。

でも前世のことがよみがえってきて、振られて傷つけられるという恐怖に立ちすくんでしまった。

そして、結果的にその場から逃げだした。

「あのときは、フィンのことを信じなきゃって思ってたけど……。でもあの状況はどう見ても浮気現場だよね……」

ジーナが心変わりして「やっぱりあなたがいい」とフィンに告げたのだろうか。

それを聞いたフィンは、シュゼットとの婚約をとりやめてジーナを選ぶことにしたのかもしれない。

心がどんどん重たくなってきて、クッションを抱えたままシュゼットはソファに寝転がった。

ひとけのない場所で抱きあいながら「フィンが大好き」だの「きみがたいせつだよ」だのとささやきあっていたのだ。これが恋仲じゃなくてなんなのだろう。

フィンは弁解をしようとしていたけれど、シュゼットは、その場から逃げることに精一杯になっていた。だから弁解を聞けるような状態ではなかった。

(弁解っていったって……。心変わりの言い訳なんて、ろくなものじゃないに決まってるよ)

また、振られてしまうのだろうか。

前世で振られ続けて、だから今世では恋をしないと誓っていたのに結局恋に落ちて——振られてしまうのだろうか。

「やだなぁ」

シュゼットは、クッションを抱き込むようにぎゅっと体を丸めた。

胸のあたりがずきずきと痛い。

「やだなぁ……」

喉の奥から悲しさがこみあげてきて目の奥が痛んできた。クッションに顔を埋めるようにして、声が外にもれないようにシュゼットは泣いた。

——フィンがよかった。

大好きだったのに。

ずっとそばにいたかったのに。

手をつないで、他愛ない話に笑って、キスをして。そういうことのすべてが宝物だったのに。

(たとえばいま、フィンから手紙がきて『あれは誤解だから話がしたい』って書いてあったら)

そうしたらフィンに会いにいってしまうかもしれない。九割がた振られることは決まっているにもかかわらず――なぜなら前世では十の割合でそうだったからだ――会いにいってしまうかもしれない。

『やっぱりシュゼットが好きだ』そういう言葉が欲しいという気持ちも、もちろんある。

けれどいちばんはフィンに会いたいからだ。

あんな場面を見せられてずたずたに傷ついたのに、それでも会いたいという気持ちがどんなに押し殺しても湧き上がってくる。

最後に逃げだしたあの日から十日も会っていない。

フィンに出会ってから、こんなにも会わなかったことはなかったのではないだろうか。

(そうじゃなくて……、前にも一度あった気がするな)

ふいにシュゼットは思いだした。

『きみに初めて会ったあの夜から十日も会えなかった』

それは、出会ってほどなくフィンが口にした言葉だ。

『三日前にやっと会えて――でも別れたあとの時間が、おそろしいほどに長かったよ』

せつなげな瞳でフィンはそう告げてくれたのに、いまは、おなじだけの時間が経ってもなんの連絡もくれない。

（だからもう、絶対に、振られてしまったんだ）

重苦しく痛む胸を抱えながら、声を殺してシュゼットは泣き続けた。


シュゼットの部屋をレオノーラが訪れたのは翌朝のことだった。

食事もろくにとらないシュゼットをひどく心配しているだろうことは、彼女の顔を見ればあきらかだ。

「体調はどう、シュゼット？」

「ん……。ごめんなさい、心配かけて」

シュゼットは、ソファに座って刺繍《ししゅう》をさしていたところだった。こういう単純作業にいまは救われている。少し前まではこれすらできなかった。

レオノーラは、ティーセットの載ったトレイをテーブルに置きとなりに腰かける。

「いっしょにお茶でもと思って。カモミールティー、好きでしょう？」

レオノーラがそそいでくれたティーカップをシュゼットは受け取った。清涼感のあるしとやかな香りが鼻をくすぐる。

「ありがとう、お母さま」

「どういたしまして。さあ、あなたからいろいろと話を聞かなくちゃ。お父さまが心配して、屋敷中を意味もなくウロウロしているわよ」

「うん……わかってる。ちゃんと話したいんだけど……」

フィンに振られたということを口にできる余裕はまだない。

逆に、フィンのほうから婚約をなかったことにしたいという連絡は入っていないのだろうか？

正式に婚約を取りつけた段階ではなかったから、そういうこともいらないのかもしれないが……。

シュゼットが言いあぐねていると、レオノーラはほほ笑んだ。

「年ごろだものね。いろいろあってもおかしくないわ。ましてや、フィンさんとはお見合いではなく恋愛をしているのだものね。けんかや行きちがいのひとつやふたつ、あってあたりまえよ」

「そういうだけなら、よかったのだけど」

「もしフィンさんがだめなら別の男性を探せばいいじゃない。あなたはすてきなレディなのだから、すぐに新しい恋が見つかるわ」

「……そんなの見つからないよ」

シュゼットはうつむいた。カモミールティーの湯気がまつげをくすぐる。

「やってみなければわからないわよ。ほら顔を上げて、シュゼット」

シュゼットがのろのろと目を上げると、レオノーラは、白い封筒をトレイから取り上げた。上質な紙でつくられたそれをかざしながら、いたずらっぽく笑う。

「差出人はおもしろい人物だったわ。あなた、フィンさんにないしょでほかの男性とも交流していたのね。さすがわたしの娘ね」

「ほかの男性？　ぜんぜん心あたりがないのだけど」

シュゼットが眉をよせると、レオノーラは開封ずみのそれから便せんを取りだした。

「お父さま宛てだったから、なかはもう見せてもらったわよ。来週行われる婚約パーティーで、シュゼットにエスコートを申し入れたいと書かれていたわ。ええと、どなたの婚約だったかしら」

「婚約パーティー？」

シュゼットの顔から血の気が引いた。

それはもしかしたら、フィンとジーナの婚約なのではないだろうか。

「お、お母さま、その婚約は……あの……ええと……」

知りたいけれどあまりに怖くて聞くことができない。シュゼットが混乱に陥っていると、レオノーラは手紙をひらいた。

「そうそう、このおふたりだったわ。恋仲かもしれないとうわさでは聞いていたけれど、まさか本当にご結婚するとは思わなかったのよね」

「恋仲かもしれないうわさって、もしかして、そのふたりが幼なじみどうしだから――」

「このおふたり、年が十五もひらいているのよね。しかも男性のほうは奥さまと死別されていて、お子さんが三人もいらっしゃるのよ。お嬢さんのほうは、あなたとおない年の若い娘さんよ」

「えっ。あ、そうなんだ……」

どうやらフィンとジーナのことではないらしい。ほっとして全身の力が抜けてしまう。

しかし、レオノーラの次の言葉に今度こそシュゼットはがく然とした。

「アラン・ルガート卿とジーナ・コートニー嬢のご婚約ですって。あなた、このおふたりのこと知っていた？」

「ええっ、ジーナさん……!?」

「あら、やっぱり知っていたのね。あなたは社交の場にぜんぜんでないから、こういううわさには疎いと思っていたけれど」

「ジーナさんって、あのジーナさん？　フィンの幼なじみの、ジーナさん？」

思わずつめよったシュゼットに、レオノーラは首をかしげる。

「そうね、たしかそうだった気がするわ。ああ思いだした。この手紙の差出人のお名前をどこかで聞いたことがあると思ったら」

レオノーラは、封筒を裏返して差出人をシュゼットに見せた。

「こちらの男性もフィンさんと仲のいいご友人ではなかったかしら。シェイン・ベイカーさんというお人よ」

「シェ……!?」

「ふふ、すみに置けないわねシュゼット。恋人のご友人からエスコートの申し出を受けるなんて」

混乱しすぎて固まっているシュゼットに、レオノーラはほほ笑みかけた。

「いってらっしゃいシュゼット。フィンさんに泣かされてばかりなら、あの人に女を幸せにする甲斐性がないということよ。このさい乗りかえてしまってもいいのではないかしら？」


ジーナが婚約する。それもフィンではない男性と。

では、フィンはジーナにやっぱり振られていたということなのだろうか。

（じゃあどうして公園で抱きあってたの？）

どう考えても恋人同士だという会話を交わしながら、抱きあっていたではないか。

（わたしが勘ちがいしてるってフィンは言ってた。本当にふたりはなんでもなかったの？）

話を聞いてほしいとフィンは言っていた。

それを聞かなかったのはシュゼットだ。

(でも、あんなシーンを見せられてしまって……。わたしはいつも、そうやって振られ続けてきたんだし)

わからない。なにがどうなっているのかシュゼットにはぜんぜんわからなかった。

なにしろシェインがどうして自分にエスコートを申しでてきたのかが、まず理解できないのだ。

シェインは、そういう目でシュゼットを見ていなかった。二度ほど会って話したので、これは絶対に言いきれる。

ひとなつっこく話しかけてくれたけれど、あれは友だちのノリ以外にありえない。

(いったいどうなってるの)

けれどジーナの婚約パーティーならフィンも出席するかもしれない。

そこに思い至ったとき、シュゼットの鼓動がとくんとはねた。

——会えるかもしれない。

いろんなことがありすぎて頭のなかがごちゃごちゃになっていた。

傷つきすぎて、これ以上はもうむりだと思っていた。

それなのに、フィンに会えるかもしれない、姿をひとめ見られるかもしれないという予感に、シュゼットはついにあらがえなかった。

「わたしはほんっとーにばかだなぁ……」

馬車に揺られながらため息をつくと、正面に腰かけていたシェインが首をかしげた。

「どうしたのさ、いきなり」

「ひとりごとだから気にしないで」

この馬車はシェインの家が所有するものだ。

彼から申し出を受けてから一週間後の今夜、ジーナの婚約パーティーがひらかれるのである。

「でもシュゼット、ぜんぜん元気ないよ。ちょっとやせたみたいだし……大丈夫？」

「大丈夫じゃ、ないかも……」

シュゼットは、壁に頭を預けてふたたびため息をつく。

少しでもいいから、ひとめだけでもいいからフィンに会いたい。その一心でパーティーに出席することを決めてしまった。

前世からシュゼットはこうだった。人を一度好きになると、恋心にブレーキをかけることができなくなる。

（だから今世では絶対に恋愛をしないように男の人を避けてたのにな）

いまの状況がいったいどういうことになっているのか、シュゼットにはまだわからない。

公園で、フィンとジーナが抱きあいながら愛をささやきあっていて。

そのあと十七日間フィンから連絡はひとつもなくて。

そして今日ジーナはフィンとはちがう男性と婚約をする。

シュゼットがわかっているのはこれらのことだけだ。

（ふつうに考えたら、フィンが二回もジーナさんに振られたっていうことなんだろうけど……）

そこに自分がどうからんでいたのか、シュゼットには想像することができない。

きっと傷つきすぎてしまったからだろう。

（もし本当にフィンがわたしのことを好きでいてくれたとしたら）

そんな夢みたいなことを考えてしまうと、ちがっていたらと思い直したときのゆり戻しがきついのだ。

正面で、シェインが心配そうな顔をしている。

「あのさ。シュゼットを迎えにいったときに、きみのお父さんがものすごい目で俺のことにらんでたんだけど、もしかして俺きらわれてる？」

「ごめんね。そうじゃなくて、ちょっと最近、男の人のことでいろいろあったから。だれが来ても父はああやって警戒したと思う。気にしないで」

男のひとのことでいろいろと、と言ってごまかしたが、先日の公園にはシェインもいた。フィンとシュゼットの仲がだめになったということは彼も知っているだろう。

シェインは「そっか」とため息まじりにつぶやいたあと、シュゼットを気遣うように言った。

「シュゼット、眉間にしわがよってるよ。むずかしいことを考えすぎなんじゃないの？」

「うん、そうかもしれない。考えすぎて頭のなかが真っ白になっちゃってる」

「俺もさ、このことに関してはかなり罪悪感を覚えてるんだけど……」

小さな声でつぶやいて、それからシェインは身を乗りだした。

「ねえシュゼット。フィンとはいま、うまくいってないんだよね？」

「……うまくいってないもなにも」

シュゼットは力なく笑う。

「わたし、失恋したんだよ。シェインも見てたでしょう？　フィンはやっぱりジーナさんを忘れられないんだよ」

「……あー。本当にごめん。でも、いまは口どめされてるから俺からは説明できないんだよ」

「え？」

シュゼットが首をかしげると、シェインはじっとこちらを見つめてきた。

「ねえシュゼット。きみは本当に、フィンに失恋したの？　きみのことはもう好きじゃないってフィンから言われたの？」

「……言われてない、けど。でも、男の人ってそういうものでしょ？」

ガタガタと馬車が軽快に揺れている。小さな窓からは満天の星が見えていた。

シュゼットは、藍色のドレスをきゅっと握り込む。

「別れたいってはっきりと言わないで、少しずつ会話を減らして、連絡を減らして、自分が悪者にならないように慎重に自然消滅をねらうものでしょう？　フィンみたいに立場のある人はとくにそうだよ」

「シュゼットは男についてよく知ってるみたいだね。もしかして、フィンがいちばん最初の恋人じゃなかったりする？」

「……そんなことは、ないけれど」

「隠さなくていいよ。でも気をつけてね。あいつ、涼しそうな顔してるけど中身は激情家だし、絶対にやきもちやきだと思うからさ」

ふいに、フィンに力強く抱きしめられた感覚を思いだした。

シュゼットは眉をよせてうつむく。痛む胸をこらえながら声を絞りだした。

「だから、わたしは失恋してるんだってば」

「でもフィンは、そういうずるい男じゃないよ」

シュゼットは目を上げた。まっすぐに見つめてきながらシェインは言う。

「不動の貴公子って悪く言われたりしてるけど、フィンは誠実な男だよ」

——俺は、いっときの感情でこんなことはしない。

初めて体を重ねたときに告げられた言葉をシュゼットは思いだした。

情熱的に抱かれて、何度も愛をささやかれて——なによりフィンの心のあたたかさにふれて、この人なら大丈夫かもしれないとシュゼットは感じた。

だから前世のトラウマをねじ伏せてフィンと幸せになろうと思ったのだ。

沈黙が落ちて、それからシェインが、気遣わしげにハンカチを差しだしてきた。

「本当にごめんね、シュゼット」

「……なんでシェインが謝るの」

ハンカチを受け取って、少しだけこぼれてしまった涙をぬぐう。

「いまここで、理由をぜんぶ言ってシュゼットに謝り倒したい気持ちでいっぱいなんだけどさ」

ゆっくりと馬車が停まった。パーティー会場に着いたようだ。

「でも俺、これ以上状況を引っかきまわしたくないんだ。だってフィンは俺のたいせつな友だちだし、きみはフィンのいちばんたいせつな女の子だから」

婚約パーティーの会場だというのに屋敷のまわりはふしぎと静まり返っていた。

屋敷の窓からはあかりが焚かれているのが見えるので無人ではないようだ。

けれど、あまりにもひとけがない。門衛がいるだけで、ほかの使用人や招待客の姿はひとつもなかった。

「本当にここであってるの？」

馬車から降り、ぽつぽつとあかりのともる庭園の道を、シュゼットとシェインは歩いていく。

「心配しないでシュゼット。大丈夫、あってるよ」

「でもここはルガート卿のお屋敷なのよね？　使用人すらいないなんて……」

シェインは、ひとけのまったくないエントランスに足を踏み入れる。玄関の両開きの扉を迷いなく引きあけた。

「ち、ちょっとシェイン、案内もないのに勝手に――」

「お姫さまを連れてきたよ、フィン！」

シェインの言葉にシュゼットは目を見開いた。

彼に背を軽く押されて、そのせいで玄関ホールによろけてでてしまった体を、力強い腕に抱き上げられる。

「どうもありがとう、シェイン」

耳を打った鮮明な声にシュゼットは息を飲んだ。

見上げると、端整な顔立ちがそこにあった。青い瞳はシュゼットのほうを向いてはいなかったけれど、ずっと会いたくて、けれど会うことがどうしても怖かった人に、シュゼットは横抱きにされていた。

「フィ――、っ」

とっさに上げかけた声は口づけによってとぎれてしまう。目を見開くシュゼットを、くちびるを離しながらフィンは見つめてきた。

「話は別の部屋でしよう。おいで、シュゼット」

いつもと変わらない優しい口調で告げる。

それからフィンは、シュゼットを横抱きにしたまま階段を上って正面の部屋へ入った。シュゼットはなにがなんだかわからない。

「本当は、すぐにでも会いにいきたかったんだけど――」

シュゼットをソファにそっと降ろしながらフィンは言う。となりに腰かけて、シュゼットの黒髪をそっとなでてきた。

鼓動がはね上がって、それ以上にフィンのてのひらの感触に泣きたいほどのいとしさを感じてしまう。

「きみの父君に、娘には絶対に会わせないと宣言されてしまったんだ。何度訪ねても門前払いでどうしようもなかった」

「ええ⁉」

そんなことは初耳だ。

驚愕《きょうがく》するシュゼットにフィンは苦笑した。

「娘を愛する父親の逆鱗に俺はふれてしまったらしい。それも当然だ。俺はきみを傷つけてしまったんだから」

透明度の高い青の瞳に見つめられて、シュゼットはこれが現実なのかどうかわからなくなってしまう。

現実感のないままシュゼットは口をひらいた。

「でもわたし、お父さまにはフィンとのことを、なにも話してない……」

「それでも俺が原因だとわかったんだろう。許していただけるまで何度でも訪ねて頭を下げるつもりだよ。けれどきみのことは、それまで待てなかった」

どうしてこんな目で彼は見てくるのだろう。

強い熱を秘めた瞳でフィンはシュゼットを見つめている。

「待てなかったんだ。きみの母君が俺に、きみの様子をこっそり教えてくれていた。ずっと部屋にこもって食事もまともにとっていないと――」

フィンの大きなてのひらがシュゼットの頬をなでた。

「少しやせた？　顔色もよくない……」

「それは――だって、フィンが」

頬にふれるフィンのてのひらがあたたかい。

胸が痛くて涙があふれてくる。

「フィンが――ジーナさんと」

「うん」

シュゼットはしゃくりあげた。フィンは、シュゼットと目をあわせながら涙を優しくぬぐっていく。

「フィンとジーナさんが、抱きしめあってて……。大好きって――たいせつだって、言ってて」

「うん、そうだね。ごめん」

両腕でやわらかく抱きよせられた。

フィンの匂いが広がって、シュゼットの胸がせつなくなる。

「ごめん、シュゼット。不用意なことをしてきみを傷つけた。本当にすまなかった」

抱きすくめられて、その安心感に涙がぽろぽろとこぼれていく。

フィンの着ているスーツの生地が、シュゼットの涙を優しく吸い取っていった。

「こんなふうにきみを泣かせてしまうのなら、最初から言っておけばよかったんだ。ジーナとの仲をきみが誤解をしていることには気づいていた。けれど、弁明しても信じきってもらえないと思った。だから時機を見ようとして……考えすぎたのがいけなかった」

悔いるようにフィンは言う。

誤解や弁明という言葉よりも、シュゼットは、フィンが考えすぎるほど考えてくれていたということのほうに意識を持っていかれた。

(わたしのことを、考えてくれていたの)

じんわりとしみこむようにそれが広がる。

真摯なまなざしでフィンはかさねて告げた。

「聞いて、シュゼット。俺はジーナに恋をしていたわけじゃない。ジーナのことを好きだったのはシェインなんだ」

「え……?」

シュゼットはほうけた声をこぼした。

ジーナを好きだったのは、フィンじゃなくてシェイン……？

「シェインは、ジーナがルガート伯爵に恋をしていることをすでに知っていた。けれど恋心になかなか終止符をうてなかった。振られることがわかっていてジーナに告白する勇気もない。だから俺に伝言を頼んできたんだよ」

「……じゃあ。じゃあ、あの夜の会話は」

「俺が振られたんじゃなくて、シェインがジーナに振られたんだ。俺はジーナのことを妹のようにしか思っていない」

シュゼットは、ぼう然としてフィンを見つめ返すことしかできなかった。

言葉がなにもでてこない。

「不安にさせてすまなかった。すぐに言えなかったのはシェインのこともあるし……それにさっきも言ったけれど、シュゼット、きみ自身が」

そこまで言ってフィンは言葉をにごらせた。

シュゼットは、フィンの言いたかったことを悟って胸をせつなくさせる。

フィンの指摘どおりだったからだ。

「……うん。きっと、ジーナさんとのことが誤解だと出会ってすぐに説明されても、わたしは信じなかったと思う」

シュゼットの言葉にフィンは眉をよせる。

失恋のトラウマが強すぎて、フィンがいくら言葉をかさねてくれても疑いの心は消えなかったにちがいない。

（粗《あら》をむりやり探して、疑う方向にもっていってていたと思う）

フィンはそれに勘づいていたのだ。だから告げるタイミングを慎重に見ていたのだろう。

でも、いまはちがう。

フィンといっしょにすごした時間がシュゼットのなかに降り積もっていた。自分の恋心が大きく育ち、フィンがそれを待っていてくれた。

たくさんの情熱と行動で、それを示し続けてくれた。

シュゼットのなかでフィンとジーナに対する苦しい思いがゆるゆると溶け消えていく。

「ごめんなさいフィン。ずっと誤解して、疑ってしまってごめんね」

涙がとまらなくて、視界がゆがんでフィンがかすんでしまう。

けれど彼の優しい声だけは、はっきりとシュゼットに届いた。

「謝らないでシュゼット。きみはなにも悪くない。謝罪するべきは俺のほうだ」

シュゼットは首を振る。フィンは、シュゼットの涙をそっとぬぐった。

「きみは過去につらい思いをした。俺もふくめて男のほうがどうしようもなかったんだ。シュゼット、きみはなにも悪くない。ただこれだけは覚えていて」

少しだけ体を離して、フィンはシュゼットとふたたび目をあわせる。

「俺が欲しいと思うのはきみだけだ」

眉をよせて、愛を乞うようにフィンは告げる。

「愛しているのはきみだけだよ、シュゼット」

「フィン……」

シュゼットのくちびるからかすれた呼び声がこぼれ落ちた。

それを受けとめるように、フィンのくちびるがシュゼットのそれにかさねられる。

甘くやわらかな熱が、ふれられたところから染み込んでくる。

「愛してる、シュゼット」

「フィン……、フィ、っ……」

「泣かせてしまってごめん。泣かせないと言ったのに」

何度もくちびるを重ねあいながら、シュゼットはフィンの胸の奥に抱き込まれていく。

彼の両腕に力がこもって、互いの吐息が熱を帯びた。

「シュゼットを初めて抱いた夜に、きみは、過去の男につけられた傷を痛がって泣いていた。それを見たとき俺はこんなふうに泣かせないと誓ったのに。本当にすまなかった、シュゼット」

あふれる涙がとまらない。

きつく抱きしめられながら、シュゼットもフィンを抱きしめ返していた。

「フィンが好き」

フィンはせつなげに瞳をゆがめた。

この人がいとおしい。

「フィンが好き。大好きだよ」

「シュゼット――」

熱にかすれた声で呼ばれたあとの口づけは、まるで飢えを満たそうとするかのように激しいものだった。

片腕で力強く腰を抱かれ、もう片方でうしろ頭をつかまれて、深く貪られるようなキスにさらされた。

「ぅんん……ッ」

熱く濡れた舌がくちびるを割ってねじ込まれ、口腔の粘膜をなめつくされる。こぼれそうになる唾液をじゅっと啜られて、そのいやらしさに体の芯が熱くなっていく。

敏感な口内をなぶられることで、シュゼットの下肢の奥までじんとしたしびれが走った。口づけだけで、体内がみだらな快楽に塗りつぶされていく。

「ア……っ、も、っん……!!」

高まっていく熱に耐えかねてシュゼットが口をひらくと、さらに奥深くまで舌が入ってきた。縮こまっていたシュゼットの舌をきつくからめとられ、吸いだされてしまう。

彼の口内に招かれた舌を甘く噛まれながら、フィンのてのひらに体の輪郭をたどられている。愛でるようになで上がり、肩から腰のあたりまで藍色のドレスが落とされていった。

白い肌が燭台のあかりにうっすらと浮かび上がる。

「つん、フィン……、ここ、ルガート伯爵のお屋敷なんじゃ」

「ここはブルーイット家の所有する屋敷だよ」

「え？　じゃあ――、っア」

指先で、コルセットのカップと素肌の境目《さかいめ》をたどられて、シュゼットはぴくんと肩をふるわせた。

「くわしい話はあとでしようか」

「つあ、ん……！」

「やっと会えたんだ。もっとよく顔を見せて。ああ、かわいいな。シュゼットは俺の宝物だよ」

甘くとろけるようなささやきが、キスでふれられる肌に溶け込んでいく。まぶたに、頬に、耳朶に、それから首すじに口づけられて、シュゼットは、ゆるやかな愉悦に浸されていった。

コルセットにかかったフィンの指がゆっくりと生地を引き下ろしていく。マシュマロのような双丘がふるりとこぼれでて、その片方を、彼の大きなてのひらが掬い上げた。

官能を引きだすようにみだらに揉まれて、じんとした熱が下肢にまで伝わる。心地よさに息を乱すと、凝り始めた先端を固い指の腹で丸くなでられた。

とたん、ピリッとした快感が背すじを走ってシュゼットは体をふるわせる。

「あ……！　っァ、ん、ん……ッ！」

「シュゼットのここは、とても甘そうな色をしているね」

指先でつままれてコリコリといじられる。もう片方の、まだやわらかい先端をフィンは口にふくんだ。

ぬるついた粘膜に敏感なところを覆われて、たまらない愉悦が下腹部にたまっていく。ざらついた舌で乳首をやわらかくなめまわされて、とろけるような熱に体内をかきまわされていくようだった。

「甘いだけでなく、弾力も心地いい――」

指と舌でシュゼットの乳房を味わいながら、フィンは、感じ入ったような吐息をこぼした。

「きみにふれることで俺が心地よくなるように、シュゼットも、俺の指で気持ちよくしてあげるよ」

「あ……!!」

グミのように凝った色づきを二本の指でしごくように刺激されて、シュゼットの腰がはねた。下肢の奥が熱く疼《うず》いて、とろりと蜜がにじみでたことがわかる。

それに羞恥を覚えるより先に、熱い口内でさんざんなぶられていたもう片方をちゅうっときつく吸い上げられた。

「ア、　待つ、あぁぁっ！」

びくびくと腰がふるえる。鋭敏な色づきを吸い上げられながら、彼の口のなかでぬるぬるとなめまわされた。もう片方は、てのひらの部分で揉まれながら、先端を刺激され続けている。

みだらな愛撫に快感を引きだされ、下肢の花びらからはいやらしい蜜がじわじわとにじみでていた。このままでは下着をすっかり濡らしてしまう。

赤く勃ち上がった根もとを甘噛みされ、ちゅくちゅくと飴玉のようにしゃぶられる。

たまらない快楽が満ちていって、愛液がこぷりとこぼれでてしまう。

「あ、あ……！　だめ、胸ばっかり、やだぁ……！」

シュゼットが身もだえると、フィンは、一度軽く吸いついたのちに乳房から顔を上げた。

「あ、ん……っ」

「きみの胸は、とろけたチーズみたいに白くてなめらかで、その上、果実みたいに甘いんだ」

教えるようにささやきながら、フィンは両手で胸をやわらかく揉み上げる。

青い瞳は劣情に濡れ光っていて、シュゼットを味わいつくそうとしているようだった。

「やぁぁ……っ、もう、揉んじゃ、だめぇ……っ」

「わがままだなシュゼットは。それならここだけをかわいがってほしいの？」

フィンの指先が乳房から離れて、ぷっくりと赤くなった箇所にねらいを変えてきた。両方をつまれて、軽くひっぱられたりひねられたり先端をくるくるとなでられたりして、シュゼットはまた快楽にのまれていく。

「あぁん……っ！　ちがう、そうじゃ、なくって……！　ッひ、ぁ、あ！」

「なめたり齧ったりされるほうが好きなのか？」

「っちが、ちがう……っ」

ごまかしようもないほど、下肢のあいだは愛液でぐしょぐしょになっていた。下着どころかドレスにまでにじんでいるかもしれない。

それに恥ずかしさを覚える余裕もないほど、花びらの奥をシュゼットは熱くうずかせていた。敏感な胸をいやらしく攻められるたび下腹部がどんどん重たくなっていく。

「ね、ぇ、フィン……っ！　も、おねがい、だから……！」

ソファの上でふとももをこすりあわせるように動かしながら、シュゼットは、涙のにじんだ瞳でフィンにすがる。

「おねがい、もう、っあ、いやぁぁ……！」

フィンの唾液に濡れた乳首を、強い力でぬるぬるとしごかれる。痛覚を刺激しない程度の絶妙な愛撫に、シュゼットは肌をふるわせた。

フィンは、シュゼットのうなじにくちびるをよせる。

「シュゼット――」

みだらな色香に濡れたささやきとともに、うなじから耳殻までをねっとりとなめ上げられた。濡れた熱があとを引いて、快楽に肌があわ立つ。

「ひんっ……！」

「かわいいシュゼット。きみがふれてほしいところはどこか言ってごらん」

「やだぁ、いじわる……！」

喉の奥でフィンが笑う。

「きみにふれるこの指は、かぎりなく優しくすると約束するよ」

乳房から彼の手が離れ、ドレスのスカートをたくし上げられていく。たっぷりとした布地が絹の靴下をこする感覚すらシュゼットにぞくぞくした愉悦を与えた。

「ぁ……あ……！」

「ドロワーズを脱がせても？」

「や、だめ、ソファが濡れちゃ――」

腰に腕がまわされてぐっと持ち上げられた。フィンの両脚をまたぐような格好にさせられて、ひざ立ちになった下肢から下着が引き下ろされる。はだけられたドレスは、腰のあたりに中途半端にまとわりついている。

「――ッ」

ビクンとシュゼットの腰がふるえた。

お尻のほうからまわされたフィンの指先が、花びらをくちゅりとなでたからだ。

「っ、あ……」

「これならソファが濡れる心配もないだろう？」

蜜にまみれた襞を、ゆっくりした動きでぬるぬるとなでまわされる。刺激がほしくて熱くひくつき続けていた蜜孔は、フィンの愛撫を待ちかねていたようにさらなる愛液をあふれさせた。

それに応えるように、長い指がぬぷぬぷとなかへねじ込まれていく。

「ひぁ、あぁ……！」

ひざ立ちのまま、シュゼットはフィンにしがみついた。

ゴツゴツして硬い男の指に、シュゼットの蜜肉がうねるようにからみついていく。熱くやわらかくしめつける感触を愉しむように、フィンは、シュゼットの蜜孔をじっくりとなでまわした。

ぐちゅ、ぬちゅ、といやらしい音が、夜の静けさにからみついていく。あまりの気持ちよさにシュゼットは無意識に腰を動かしていた。

「あ、ぁあ……ッ、フィン、きもち、いい……っ」

「もっと欲しい？」

フィンの吐息が熱を帯びている。シュゼットのこめかみにくちびるが押しあてられる。

「ん、欲し……、――っあ、ぁあんっ」

すでにふくらみきっていた陰芽を親指の腹でぬるぬると押しまわされた。小さな火花が眼裏に散って、シュゼットは背をしならせる。

「い……ッ、あ、ァあんっ、だめ、フィン……フィンっ……！」

「清楚なドレスのなかで、いやらしい蜜をこんなにもしたたらせて。俺の恋人はなんてみだらな女神なんだ」

熱っぽくささやきながら、シュゼットのくちびるをフィンは奪った。

「うん……ッ」

「静謐《せいひつ》な黒い瞳と髪をして——清純な白い肌で俺を惑わせる。すべてはきみの思うとおりだよ、シュゼット。俺はきみに溺れきってしまった」

陰芽の薄皮がむき上げられた。さらされた鋭敏なかたまりをこすり上げられて、シュゼットの体熱がいっきに上がる。

「あああッ！　やぁ、イっちゃう……！」

直後、埋め込まれていたフィンの指が肉粒の裏あたりをえぐり立ててきた。目もくらむような快楽に、シュゼットは絶頂に昇りつめた。

きゅううっとフィンの指をしめつけながら、シュゼットは彼にしがみつく。フィンの指はまだいやらしくうごめいていて、達した体に追い打ちをかけてくる。

これ以上はもうむりと感じた瞬間、指が引き抜かれた。びくんっとシュゼットの全身がはねてから強引な力で腰を抱かれ、そのまま体を引き下ろされる。

傲然と勃ち上がった彼の性が、シュゼットを真下からつらぬいた。

「——ッ！」

熱くとろけきった蜜孔を、ひと息に奥までこすりあげられる感触に全身が総毛立つ。

「ア……あ……！」

フィンの上着を両手で握り込んで——彼はまだ衣服を脱いでいなかった——全身を内側からなめつくしていくような快楽に耐える。

両腕できつく抱きしめられながらぴったりと密着した下肢を揺り動かされ、シュゼットは喉をひくつかせながらあえいだ。

「あ、も、ぉ……っ、いや、ぁ……っ」

「気持ちいいくせに」

低くかすれたささやきが耳にふれて、フィンも、みだらな交わりに快楽を得ていることを知る。

「つあ、ん……っ、よすぎる、のも、だめなの……っ」

「シュゼットのわがままは最高にかわいいね」

耳朶を甘噛みされながら最奥をごりっとえぐられて、シュゼットは悦楽の底に突き落とされる。奥にとどまったまま、深い快楽を得られる箇所を何度もえぐり立てられて、シュゼットは高い声を上げながら達した。

「あぁっ！　フィン、フィン……っ！」

「っ、シュゼット、俺も、もう」

耐えかねたようにフィンはきつく眉をよせた。

シュゼットをさいなみ続ける雄杭が、どくどくと脈打ってふくれ上がるのがわかった。ゆるやかな拷問にも似た快楽に全身を犯されながら、やっと終われるとシュゼットは思った。

けれど、力強い両手で腰をつかまれ、彼が抜ききる寸前まで浮かされてから落とされてしまう。同時にきつく突き上げられて、子宮の底をえぐり込まれる衝撃にシュゼットは目を見開いた。

「っ……!!」

「シュゼット――」

淫熱に濡れた声でささやきながら、フィンは、シュゼットの奥に押し込んだ己自身でこりこりとシュゼットをいじめた。

「ア、あ、やぁあ……っ」

「好きだよ、シュゼット」

「うそ、つき……っ。フィンの、うそつき……！」

「うそなものか。きみを愛してる」

「ちが……っ、もう、イくって……おねが……、早く、イって……！」

どうにもならないほど深い快楽に、シュゼットがぽろぽろと涙をこぼす。フィンは、汗に濡れた面でふと笑って、シュゼットの頬に口づけた。

「俺も早くイきたいけれど、こらえ性のない男だときみに思われたくないんだ」

「そういうのは、もう、いいからっ……」

いきり立ったものに、なかをぐしゅぐしゅと揺さぶられる。

うねるような快楽に襲われて全身をふるわせたら、力強い両腕で抱きしめられた。耳もとで、情欲にかすれきった声がふれる。

「もっと互いの体を愉しもう。たくさん気持ちよくしてあげる」

「もう、む……、っ、ぁあん……ッ！」

シュゼットの華奢《きゃしゃ》な体すべてを己のなかに取り込もうとでもするかのように、きつく抱き込まれる。

熱く硬い熱情をシュゼットの奥深くにねじ込んだまま、つきあたりのやわらかな膜をごりごりといたぶった。

「あ、ああ、きもち、いい……、おかしく、なっちゃ――」

「つ、俺も気持ちがいいよ、シュゼット」

荒い息を吐いて、それからフィンは、シュゼットをソファの座面に押し倒した。はずみで抜けかかった己の性を、細腰をつかんでぐっと押し込んでくる。

長いストロークで奥をたたかれ、シュゼットはびくんと背をしならせた。

「ッあ、ん……！」

この体は、いまとなってはもうフィンのなすがままだ。

快楽にとろけきった体をフィンに何度もつらぬかれた。腰を使って最奥まで打ちつけられるたび、シュゼットは体をふるわせてフィンにしがみつく指に力をこめた。

「つ、愛してる、シュゼット――」

しまる蜜肉のなかを深くまでうがたれながら、フィンに口づけられる。くちびると舌で愛でられ、抱きしめられた。

ひときわ強く打ちつけられる。シュゼットが絶頂を迎えて、彼の精が膣孔の奥を濡らした。

「ア……」

「シュゼット、キスを」

性急なしぐさでくちびるを奪われる。いまだ抜かれることのない彼の性が、ふたたび固さと質量を取り戻していくのを感じる。

「やっと手に入れた。もう二度と、俺以外のところのどこへもやらない」

劣情と恋情に濡れきった瞳で、フィンはうめくようにささやいた。

室内に静けさが戻ったのは、それから一時間ほど経ったときのことだ。

ベッドの上でうつぶせに横たわるシュゼットの肌をなでながら、フィンはヘッドボードに背をもたせていた。

燭台の光に照らしだされる裸身の、細い腰や小さなお尻、なめらかな両脚は、みだらな白濁にまみれている。その粘液は自分の恋情そのものだ。

けだるい心地よさに身をゆだねながら、彼女が風邪を引かないようにタオルで淫液を拭い取った。それから肩のあたりまで毛布をかけてやる。自分も全裸だということに気づいたが、体の奥に熱がまだくすぶっていたのでこのままでいることにした。

シェインにはすぐ帰るように言っておいたので、この屋敷には朝までだれも来ない。

フィンは、シュゼットの頬にかかっていた黒髪を指でそっと流して、ほんのりと上気した頬をなでた。

てのひらに伝わったやわらかい感触に体の奥底がふるえる。いとしさで息苦しくなってしまうほど、フィンはシュゼットに溺れていた。

(夜の庭でひとめ見たときから、かわいい子だなと思ったんだ)

そのとき交わした会話が楽しくて、彼女の言葉やしぐさ、まなざしにまでも引き込まれた。

お酒に酔っていたシュゼットは、瞳をとろけさせながらフィンに身をゆだねてきた。やがて眠り込んでしまった彼女を、フィンは、彼女の付添人のもとへ連れていこうと思った。

心の底では別の欲求をたしかに感じていたけれど、彼女を無事に引きわたすことが紳士としての役割だと知っていたからだ。

しかし実際にフィンはそうしなかった。

できなかった、というべきかもしれない。

華奢な体を横抱きにしてフィンがあらためて彼女を見下ろしたときだ。閉ざされた白いまぶたからにじむように涙があらわれて、なめらかな頬をすべり落ちた。

息をつめてフィンは立ちどまった。シュゼットは、きれいなかたちをした眉を苦しげによせてかぼそい声をこぼした。

『いや……行かないで』

シルクの手袋に包まれた細い指先がフィンのテイルコートにふれる。

『ひとりにしないで』

かすれてふるえる声は、深い悲しみとせつなさに染まっていた。

白い頬を伝う透明な涙が月光にきらめき、たよりない指先が助けを求めるようにフィンのコートをつかむ。

フィンは言葉を失い――、足もとから唐突に突き上げてきた衝動に身をふるわせた。

それは、さみしげに泣く少女への庇護欲でもあり、彼女の涙をだれにも見せたくないという強い支配欲でもあった。

彼女の指のかかるところからじわりと熱が広がり、布地ごしにフィンの肌に浸透してくる。奥深くまで手を伸ばしてじっくりと根づかれていくようだった。

春の花が夜風に香る。

少女の繊細なまつげがわずかにふるえた。やわらかそうな頬を涙がまた伝っていく。それにくちびるを這わせたいという衝動を抑え込めたのは、いま思うと奇跡だった。

踏みとどまることができてよかった。もし彼女の涙に口づけてしまっていたら、くちびるをも味わうことをきっととめられなかっただろう。夜露につやめく花びらのようなそれは、やわらかな甘みを内包しているようだったからだ。

彼女はさっき、たしかに言った。ひとりにしないでと。

行かないで、と。

それはフィンに対しての言葉ではないのだろう。夢のなかで彼女がだれかに訴えていたのだ。

それがただの夢のなかのできごとなのか、それとも彼女の過去に実際にいた人物との思い出をなぞっているのか、フィンにはわからなかった。

しかし彼女は、過去の恋愛でひどくつらい思いをしたと言っていた。もしかしたら過去に好きだった男を想って泣いているのかもしれない。

細くやわらかな体を抱く腕に力がこもった。

見も知らぬ男に対して瞬時に沸き立った黒い感情は、しかし、彼女の儚い涙をふたたび目にしたとたんに溶け消える。彼女の悲しみをなんとかしてとり除きたいと、そればかりを思ってしまう。

悲しみに深く沈む少女は、こうして強く抱きしめていないと霧のように消えてしまいそうだった。

——あなたはとても、優しい人だから。

愛らしいほほ笑みとともに告げられた言葉がフィンの心の奥まで響いていた。初対面にもかかわらず、彼女のすべてにフィンはからめとられてしまった。

彼女をこのまま帰したくない。

フィンは、少なくとも十代になって以降、自分の行動を感情に支配されたことはなかった。けれどあの夜だけは理性で感情を抑え込むことができなかった。

いまならわかる。フィンはあの瞬間、生まれて初めての恋をしたのだ。

ふいにシュゼットが寝返りをうった。過去から引き戻されてフィンは彼女を見下ろす。

「……もうひとりにしないよ」

シュゼットの頬をなでながらフィンは告げる。

彼女の過去の男へ向かう自分の感情は、ひとことでは言い表せない。

激しい嫉妬はもちろんある。しかし煮え立つような怒りのほうが大きかった。

(シュゼットを傷つけるなんて)

もう二度と恋愛はしたくない。そこまで思いつめるほどシュゼットに痛手をあたえるなど、許せる行為ではない。

できることならその男をさがしだして糾弾してやりたい。しかし復讐などシュゼットは望まないだろう。

本当に優しいのは、自分ではなくシュゼットのほうなのだから。

「ん……」

小さな声をもらしながらシュゼットが寝返りをうった。乱れた髪をなでると、長いまつげがわずかにふるえてゆっくりとまぶたが持ち上がる。

水分をふくんだつややめく黒瞳がぼんやりと夜の闇を見つめたのち、ふとフィンのほうを向いた。

「フィン」

眠たさの残るかわいい声で呼ばれて、フィンの心にせつない熱がともる。

「まだ夜だ。朝まで寝ていてもいいよ」

上体をかがめるようにしてシュゼットのひたいに口づけた。

するとシュゼットは、くすぐったそうにしながらも幸せそうな表情を浮かべる。

「うん。フィンは寝ないの？」

「俺はもう少し起きてるよ」

「どうして？　いっしょに寝ようよ」

シュゼットは、フィンの腕に頬をすりよせるようにしてねだってくる。

「腕枕して、フィン」

そのおねだりをフィンが断れるはずもない。シュゼットとおなじ毛布に入り、彼女を抱きくるむようにして望みどおりにした。

「フィンといっしょだと、あったかくて気持ちいい」

そのようにかわいらしいことをフィンの腕のなかで言うものだから（しかもお互い全裸である）、フィンとしてはシュゼットが不用意だと思うほかない。

すべすべした素肌の感触を愛でながら、彼女のあごにフィンは手をかけた。

「フィ――、っん」

しっとりと覆うように口づけて、甘い果実のようなくちびるに舌を這わせる。

ぴくんとはねる薄い肩をなで下げて、やわらかくはりつめた乳房をてのひらにおさめた。指先に少し力を入れるだけで、かんたんにかたちを変えるそれをゆっくりと揉み上げていく。

「ん……っ」

まだふにふにとしている色づきを指の腹でなでまわす。すると、愛撫に応えるようにみだらに勃ち上がってきた。

シュゼットは、口づけに応えながらもとまどうように息を乱し始める。

「あ……、フィン……。っまた、するの……？」

「体、つらい？」

聞きながら、くちびるにやわらかく口づける。シュゼットの瞳に愉悦がにじんだ。

「優しく、してくれるなら……」

「ああ、もちろん」

くちびると胸へのゆるやかな愛撫に、甘ったるい吐息がこぼれる。

張りのある乳房に沈めていたてのひらをフィンは下肢へなで下ろしていく。なめらかな感触を返す素肌が、うっすらと熱を帯びてきた。

「つ、あ……」

「この上なく優しくするよ」

「フィン――、ぁ、あ……！」

シュゼットの隘路に中指を差し入れる。白濁と愛液のまざりあったものが、くちゅりといやらしい音を立てた。

半ばあたりまで埋め込んでゆっくりとかきまわす。別の指で粘液を掬って、外側の粒に塗りつけながらゆるゆると刺激した。

「あ、ん……、きもち、い……、フィン……」

瞳を愛らしく潤ませて、とろけたような声をシュゼットはこぼす。それだけでフィンの欲望は硬くはりつめていった。

シュゼットのなかをいじりながらフィンは彼女に覆いかぶさる。つややかな黒髪に指をからめて感触を愉しみ、くちびるに深く口づけた。

「うぅん……っ」

「は――、シュゼット」

角度を変えながら、じっくりとシュゼットのくちびると口腔を食んでいく。やわらかな彼女の舌を優しく吸い上げて甘噛みした。

すると、フィンの指をくわえている蜜肉がきゅっと収縮してしめつけてくる。素直な反応がいとしくてフィンは笑みを浮かべた。

「かわいい」

「やだぁ……っ」

「かわいいよ、シュゼット」

そう伝えながら、フィンは指を奥へ押し進めた。きゅうきゅうと狭まる隘路は、それでもフィンの指にからみついて奥へと誘ってくる。

フィンは、抜き差しをくり返しながら限界までゆっくりと埋め込んでいった。親指の腹で花芯のさやをむきながら、乳房の先端の勃ち上がったところを口にふくむ。

「あ……！」

はねる細腰を体でやんわりと押さえつけて、フィンは、弾力を味わうように赤い果実をなめた。奥へ埋め込んだ指は、シュゼットのもっとも感じる部分に押しあてている。グチュッ……とみだらな音を立てながらそこをこすり立てると、シュゼットが、たまらないといったように腰をうねらせた。

「あ、ん……っ、そこ、感じすぎちゃ……、だめ、胸といっしょは、だめ……っ」

「このままイかせてあげる」

凝った乳首をちゅるっと吸い上げながら下肢の奥の性感帯をえぐる。同時に、ぱんぱんにはりつめた肉芽を押しつぶした。

「ぁあああっ！」

シュゼットの腰が大きくはねて、それから細い背すじがびくびくとふるえた。ちゅくちゅくと乳首を舌でいじりながら、からみついてくる襞からフィンは指を抜き取る。

すでに硬く張りつめている己自身を蜜にまみれた膣孔に押しつけると、涙まじりの声でシュゼットが訴えてきた。

「だめぇ……っ、まだ、挿れちゃ——まだ、イってる、からぁ……っ」

とろけきった蜜孔に太い先端をぐぷっと押し込んでいく。

シュゼットが目を見開いてフィンの腕をつかんだ。

「ア、あ……っ」

「シュゼット――」

白い乳房から顔を上げて、シュゼットの頬にフィンは口づける。

蜜肉をつらぬくさなかの、全身をなめつくされていくような快感がたまらなかった。

「うん、ん……ッ」

硬くたかぶった劣情でいとしい少女を犯していきながら、フィンは可憐なくちびるをも貪っていく。

シュゼットのやわらかな舌をからめとりながら吸い上げると、彼女のなかがきゅうっとしまって途方もなく気持ちがいい。

「ア……っ、ん、フィン……っ、あ、ぁああ……ッ!」

愛らしく、なまめかしくもある声に、理性をすべてはぎ取られそうになる。

ぐちゅっと奥まで押し込んで、それから大きく引いてまた腰をねじ入れる。蜜にぬれた隘路の、彼女の感じるところをねらって何度も穿ち、シュゼットの快感を高めていく。

いやらしい水音が彼女のあえぎ声にからんでいた。フィンは、自身のくちびるをなめながらつなぎ目を指先でぬるりとたどる。はりつめた粒に指がふれたとき、シュゼットはびくんを背をしならせた。

「だめ、そこ……っ、フィン、だめ、気持ちよすぎるの、だめぇ……!」

「よく聞く言葉だな。いやらしい口ぐせだね」

腰を使いながら花芯をぬるぬるといじる。すると、シュゼットの隘路がさらにきつくしまった。

いまにも破裂してしまいそうな快楽にフィンは息をつめる。片手でシュゼットの腰をつかんで最奥まで押し込んだ。子宮の底をごりっとえぐると、シュゼットが高い声を上げる。

「ああああっ！」

白い肢体がみだらにふるえて、くわえ込んでいるフィンを食いしめた。フィンは、もう一度だけシュゼットの淫肉をこすり上げて奥をたたいた直後、彼女の熱い体内で情欲をはじけさせた。

「つ、は――」

どくどくと、己の欲望をシュゼットに流し込みながらフィンはゆっくりと動いてとろける膣肉を味わった。それから、彼女に覆いかぶさっててのひらでシュゼットの頬を包み込む。

「シュゼット……」

かすれた声でささやいて、彼女のくちびるに口づけた。快楽に甘く濡れたそれは咲き初《そ》めの花びらのようにやわらかかった。

「ん……フィン……」

「シュゼット……好きだよ、シュゼット」

彼女の負担にならないよう、ふれるだけの優しい口づけをくり返す。

劣情のゆるんだ性は彼女のなかに埋め込んだままだった。

「あ……、フィン、わたしも、好き……」

シュゼットの細い指先がフィンの頬にふれる。そこからじんとした熱が染み込んでくる。

幸福感に満たされて、フィンは横向きに寝転んでシュゼットを抱き込んだ。彼女の匂いを感じながら恋情に浮かされるままにつぶやく。

「どうしてシュゼットはこんなにもかわいいんだろう。知っているなら理由を教えて？」

「ものすごいイケメンにそんなこと言われたら、立つ瀬がないんだけど……」

困惑したようにシュゼットは言う。下肢でつながったままだからか、声が舌っ足らずだ。

シュゼットは、フィンのことをよく『いけめん』と言うけれど（どうやら外見を褒める言葉らしい。子女のあいだで流行っている造語だろうか）、フィン自身は自分の外見に関心を持ったことがない。その場に即して身だしなみを整えておけば問題ないというくらいのものである。

それをシュゼットに告げると、彼女は愛らしい面《おもて》に渋面を作った。

「でたよ、イケメンの余裕……」

「どうしてそう曲解するかな」

「難がないから気にする必要もないってことでしょ？」

「ああでも、体は鍛えるようにしているよ。いざというときのために男は強くないといけないからね」

シュゼットの視線が、フィンの肩や腕のあたりにちらりと移った。それから耳をほんのり赤らめてみじろぎする。

「こ、この話はもういいから、とにかく、なかのモノを早く抜いてくれないかな」

「なかのモノって？」

その表現に吹きだしそうになりながらフィンは聞いてみる。すると、シュゼットは無言でにらみつけてきた。

「えっちな言葉を言わせようとしてるでしょ。絶対言わない」

そのせりふ自体が淑女にあるまじきものなのだが、こういう点が彼女のおもしろいところだ。

「そんな意図はないよ。それこそ誤解だ」

「フィンって、セクハラおやじっぽい……」

「せくはら？」

女の子の流行り言葉はむずかしい。

シュゼットは、フィンの腕のなかで憤慨した顔になる。

「だから！　フィンのフィンを抜いてってこと！　このままじゃ落ち着かないよ」

「抜く必要なんてないじゃないか、どうせまたすぐに挿れるんだから」

「は……!?」

がく然としたようにシュゼットがこちらを見上げてきた。フィンは、彼女の頬にふれながら笑みを浮かべる。

「今夜はひと晩中、きみを抱かせてくれるんだろう？」

「そんなこと了解した覚えはぜんぜんないんだけど」

「優しくするならいいと言ったすぐあとにおあずけか？　男の恋心をもてあそぶなんてシュゼットは悪い女だね」

「フィンをもてあそぶなんてこと、できる人のほうが少ない気がするんだけど――、って、大きくしないで！」

シュゼットが、頬を真っ赤にしながら背すじをびくんとふるわせる。

なめらかな素肌をなでながら、フィンは上機嫌でシュゼットのひたいに口づけた。

「ひどいな。シュゼットがさっきからもぞもぞ動いて俺をなでるから気持ちよくなってしまったんじゃないか」

「やだ、ぁ……っ、だめ、動いちゃ」

「声がいやらしくなってきているよ」

「もう……！　っん、やぁ」

シュゼットを組みしいていきながら、くちびるに深く口づける。

ひとつになれる幸福とみだらな快感に満たされながら、いとしい体にフィンは身を沈めていった。

終章　彼に恋をしないなんてむりでした

ひと晩中愛されつくしたシュゼットは、翌朝起きることができなかった。目が覚めて、やっと身を起こすことができたのは正午すぎである。

フィンは、いつもどおりのおだやかな顔をしてすでにスーツに着替えていた。室内のソファに両脚を伸ばしたかっこうで、新聞を読みながら紅茶を飲んでいたようだ。

「おはようシュゼット。よく寝ていたね」

シュゼットが身を起こしたことに気づき、フィンはこちらに来てベッドに腰を下ろした。

春の日差しのなかでさらさらした金髪がきらめいている。澄んだ青色の瞳は優しさに溶けて、やわらかくシュゼットを見つめていた。

「……。寝坊して、ごめんなさい」

フィンを見ていると言葉をつい忘れてしまいそうになる。視線をそらしながらシュゼットは言った。

すると、優しいしぐさでフィンが髪をなでてくる。

「昨夜、二回目以降はできるだけ優しく抱いたつもりだったんだけど体は大丈夫？」

「いっぱい寝たから大丈夫。あ、でも家に連絡してないからどうしよう。お父さまたち、きっとものすごく心配してる……」

近ごろは心配のかけどおしだったので、無断外泊はしゃれにならない。

シュゼットが青くなっていると、フィンがあっさりと言った。

「ご両親への連絡なら俺のほうで手配しておいたよ」

「ええっ、いまのお父さまにフィンと一泊するなんて言っちゃったら、ものすごくまずいよ」

「うん、わかってる。だからジーナに頼んで連絡してもらったんだ」

そういえば、昨夜はジーナの婚約パーティーがあったはずだ。シュゼットだけでなく両親もそう思い込んでいた。

けれど、会場として案内されたここにはジーナと婚約者の姿はなく、しかもこの屋敷はブルーイット家の所有だという。

いったいどういうことなのだろう。シュゼットが混乱していると、フィンがほほ笑みながらひたいに口づけてきた。

「全部説明するよ。着替え終わったら一階の客間へいこう」

フィンが用意してくれていたデイドレスに着替えて、シュゼットは彼とともに階段を降りた。

今回は、フィンの姉のドレスではなく彼が仕立ててくれたもののようだった。明るいピンク色で胸下きり替えのエンパイアドレスは、コルセットを必要としないので侍女がいなくてもなんとか着ることができそうだった。

それでもさすがにひとりでは難儀するかのように思えたが、なんと着替えをフィンが手伝ってくれた。しかも、たいへん手際よく。

「小さいころ俺は姉のおもちゃだったからね。着替えも手伝わされたし、俺自身もドレスを着せられたりしたし。だから慣れてるんだ」

「……。ふーん、そう」

どう考えてもプレイボーイの技だが、彼の言い分が真実だと信じたいところだ。

シュゼットがため息をついていると、フィンは苦笑した。

「よからぬことを考えているな」

「心の声を勝手に読まないで」

「きみにちゃんと信頼されるように、今後も努力を惜しまないつもりだよ」

甘ったるく笑みながらシュゼットの頬にフィンはキスをする。惚れた弱みで、シュゼットはすぐに幸せな気持ちになってしまった。

他愛ない会話をかわしながら応接間に入ると、そこには面識のあるふたりがいた。シュゼットが目を丸くして立ちどまると、ふたりはソファから立ち上がった。

そして、そのうちのひとりであるシェインが勢いよく頭を下げた。

「こんにちはシュゼット！　それとごめん！　本当にごめん、いろいろごめん！」

「シェイン？　どうしたのいきなり」

シェインは顔を上げて、申し訳なさそうに説明してくれた。

「フィンから聞いてるかもしれないけど、ジーナに告白するのをフィンに頼んだのは俺なんだ。そのことを人に知られるのがいやでフィンに口どめしたのも俺で……。そのせいで、シュゼットを傷つける結果になってしまった。俺、このことでシュゼットとフィンが気まずくなってることに気づかなくて。もっと早く説明すればよかったのに、本当にごめんなさい！」

「ああ、うん。そのことなら昨日フィンから聞いてるよ」

シュゼットは一度息をついたのち、ほほ笑みながらシェインを見つめた。

「あのね、わたしはたぶん、そのことがなくても逃げる口実を自分で見つけてフィンと気まずくなっていたと思うの。だからシェイン、あんまり気に病まないで」

「シュゼット……」

感動したようにシェインが目を潤ませる。シュゼットはいたずらっぽく言った。

「まあでも、地の底にたたき落とされた感じはしたけどね」

「うっ」

「そもそも愛の告白を人にやってもらおうとすること自体、男らしくないよね」

「か……返す言葉もないです……」

がっくりとうなだれるシェインの肩を、シュゼットはぽんとたたいた。

「次の恋愛では男を見せてね、シェイン!」

「うん、見せる……見せるよ! 今日から俺は男になる!」

シェインはこぶしを握りしめている。シュゼットが「その意気だよ!」と激励していると、フィンが反省のにじむ声で言った。

「俺のほうからももう一度謝らせてくれ。シェインのことだけでなく、公園でのジーナとのやりともふくめて、きみをひどく傷つけてしまった」

シュゼットにも、煮えきらない態度でフィンをさんざん振りまわしてしまった自覚はある。おあいこかもしれないという思いはあるので、罪悪感を持たないでほしいとシュゼットは思った。

「謝らないでフィン。わたしだってあいまいな態度ばかりとっていたんだもの。その上フィンには、お父さまの最上級の怒りをしずめるっていう重労働がこれから待ってるんだし。わたしのことは気にせず、そっちのほうをがんばってね！」

「……。全力をつくすよ」

明るく言ったつもりだったのに、フィンはすっかり元気をなくしてしまったようだ。その一方で、ジーナが眉をよせながら口をひらく。

「シュゼットさん、わたしのほうからも謝らせてください。昔のくせが抜けなくて、もうおとなだというのにフィンに抱きついてしまって……。不用意なことをして誤解を与えてしまって、本当にごめんなさい」

儚げな美少女が罪悪感にうたれて悄然としている様子ほど、見ていてつらいものはない。シュゼットはあわてて首を振った。

「ジーナさんは気にしないでください。あなたはなんにも悪くないんだから謝らないで」

「いえ、わたしはもうおとなになったのだから子どものようにフィンに抱きついてはいけなかったのです。シュゼットさん、これ、心ばかりの品ですがぜひ受け取ってください」

大きな瞳を潤ませながら、ジーナは、白い封筒をそっと手わたしてきた。

「これは？」

「フィンをねらっているご令嬢方のリストです」

「えっ？」

シュゼットがまばたきすると、気遣わしげにジーナは眉をよせながら言った。

「ご存じのとおり、フィンは見た目がいいですし家柄も申し分ないので、淑女方からとっても人気があるのです。だいたいの女性は問題がないのですが、なかには性格のお悪いご令嬢もいらっしゃいます。こちらは注意の必要な女性らの名前を記したリストです。ぜひ参考にしてくださいませ」

「は、はあ。性格のお悪いご令嬢……」

「どちらのご令嬢を警戒すべきか、事前にわかっていたら対策がしやすいでしょう？」

ジーナは可憐にほほ笑んだ。

「もし対策の方法にお困りでしたらご相談くださいね。そのときどきによって最適なやりかたをお教えします。心配なさらないで。足がつくようなことや、危険な方法をとることはいたしませんから」

小鳥のように可憐な声でなにやら物騒なことを告げられて、シュゼットはぎこちなくうなずくしかなかった。

「さて、ここからは俺が引き受けていいかな」

気を取り直した様子のフィンがそう言ったので、シュゼットは彼のほうを見上げた。

「もう想像はついていると思うけれど、昨夜にジーナの婚約パーティーがあったというのは嘘だ。さっきも言ったようにシュゼットの父君の守りが堅くてね。こうでもしないと、きみに会えそうになかったんだ」

フィンは、整った面差しに申し訳なさそうな色をにじませている。

「本当は、こんなふうに強引なことをせず持久戦でいくつもりだった。腰を据えてロア卿を説得する気でいた。けれどきみの状態を母君が俺にこっそり教えてくれていたから、心配でしかたがなかったんだ。なにより俺が、きみに会いたくていてもたってもいられなかった」

青い瞳がせつなげにすがめられて、それから彼のあたたかいてのひらがシュゼットの頬にふれる。

「本当に俺は、きみのことになると理性を失ったようになってしまう」

「フィン……」

「好きだよ、シュゼット。愛してる」

甘くささやきながら、彼のくちびるがよせられてきた。胸がどきどきして、フィンを受け入れるために目を閉じようとした直前で、こちらをじーっと見つめているふたつの視線に気がつく。

「ちょっと待って！」

シュゼットは、フィンとのあいだにてのひらをあわてて差し込んだ。彼のくちびるがふにっとそこに押しあてられる。

シェインとジーナがくやしげに声を上げた。

「なーんだ、あと少しだったのになぁ」

「とっても残念です……」

あぶないところだった。冷や汗をかきながら、シュゼットは安堵のため息をつく。

一方フィンは、ほんの少し距離をあけてから笑みを向けてきた。

「こういうこと、以前にもあったな」

「心あたりがありすぎて、どのときなのかわからないけどね」

「俺は全部覚えているよ。シュゼットに関することなら、きみのまなざしの向いていた先まで全部」

おそろしいことをサラリと言って、幼なじみたちにフィンは目配せを送る。肩をすくめて彼らはくるりとうしろを向いた。

フィンの両腕に抱きよせられながらシュゼットは頬を赤らめる。

「うしろを向いてもらえばいいってものじゃないんだけど」

「シュゼットは無欲だな。自分が俺からどれだけ愛されているのか、この子たちに見せつけてやればいいのに」

「フィン、自信家すぎ……」

「いけめんとせくはらの次は自信家？」

くすくす笑いながら、フィンはシュゼットの鼻先にキスを落とす。

「なんでもいいよ。きみのかわいい瞳に映る俺のことならどんなふうでもいい。俺だけを、ずっと見つめ続けていてくれるなら」

「――もう」

さらに赤らんだ頬に口づけられて、それからゆっくりとくちびるが重なる。

やわらかな微熱が体内に浸透して、いとしさで満たされていく。

「ずっと、フィンのことが大好きだよ」

キスのあいまにささやいた言葉に、フィンは、幸せそうなほほ笑みを浮かべながらおなじ言葉を返した。

番外編　デートの誘いを断れるのも、三回までのようです

「ごめんねフィン、その日はお友だちとお茶会があるから会えないの」

「そう。それならしかたないね」

いとしい婚約者をデートに誘うもあえなく振られたフィンは、それでもがっかり感を面にださずにほほ笑んだ。

その上で、聞くべきところは聞いておく。

「楽しんでおいでシュゼット。ところでその日の出席者は？」

「ジーナとアメリアだよ。おいしいアップルケーキを持ってきてくれるみたいだから、わたしはいちおしのミントティーを用意するんだ」

シュゼットは上機嫌の様子である。

フィンはにこにこと表面を装いながらも、内心はおだやかではなかった。

またジーナか。

デートの誘いをジーナがらみで断られたのはこれで三度目だ。

さまざまなことを乗り越えて正式に婚約を果たしてから、シュゼットは以前にも増して明るくなった。これまで避けていた社交の場にも顔をだすようになり、とくに増えたのが貴族の子女らで集まっておしゃべりのひとときをすごすお茶会である。

当然のことながら男子禁制。シュゼットはこの集まりを、女子会と呼ぶ。

「ジーナっておもしろいよね。見た目はあんなにかわいいのに過激なことぽろっと言ったりするし。この前の午餐会で知らない女の子からいやみを言われたんだけど、わたしが言い返す前に真剣な顔でジーナが『あなたのお口、匂うわ。悪口ばかりおっしゃっているから膿がたまっているのではないのかしら』って言いだして、相手が固まっちゃったんだよ」

「ジーナの言いそうなことだな」

最近は、公園で追い払ったのとは別の一派がシュゼットにちくちく攻撃しているようだ。あまり続くようなら裏で手をうっておく必要があるだろう。

「じゃあその日はジーナの家で女子会を？」

「今回はアメリアの家なの。最近仲よくなった子だよ」

あいづちをうちながら、フィンは考えをめぐらせた。

アメリアとはメイフィールド男爵家の次女のことだろう。あの家には二十一歳になる長男がいたはずだ。たしかまだ独身である。

要警戒だ。

なにしろシュゼットは、最近は本当にひんぱんに社交の場にでるようになってしまったのだ。結果、いままで知られていなかった彼女の可憐さが広く伝わることとなった。主にハイエナどもに――ではなく、若い独身男性たちに。

（お茶会のときに、そこの長男とはちあわせてどうこうとはいかないと思うが）

フィンは無意識に眉間をよせていた。

（男どものシュゼットに対する評価を考えれば、油断はできないな）

社交界に姿を現すようになった黒髪の美少女が、すでにフィンの婚約者であることを知った彼らの落胆ぶりといったらなかった。もちろん彼らの怨嗟と嫉妬はフィンにまっすぐ向かってきたのだが、どうということもない。シュゼットの父親からはまだまったく歓迎されていない状況なので、その試練に比べれば痛くもかゆくもなかった。

フィンにとってたいせつなのはシュゼットを守ることである。そして、シュゼットがよそを向かないようしっかりとつなぎとめておくことである。

だからこそ、彼女に手をだそうとする輩を遠ざけたり追い返したりする仕事は肝要だ。

(そのお茶会の当日に、メイフィールド家の長男を乗馬に誘っておくか)

フィンは、シュゼットを守るための算段を慎重にたて始めた。

フィンの誘いを断ってしまったのは申し訳なかったけれど、シュゼットはいま、女の子どうしで集まってのおしゃべりが楽しくてしかたがなかった。

フィンとすごす甘い時間はもちろん最高に幸せだけど、女友だちとの時間はまったくちがう意味で充実している。

流行のドレスやメイク、(フィンには絶対に言えないが)最近人気のすてきな紳士についてなどの他愛ない会話が楽しいのだ。なかでもいちばん盛り上がるのが互いの恋愛話である。悩みやのろけを聞いたり打ち明けたりしていると、あっというまに時間がすぎる。

友だちが増えた理由は、フィンと正式に婚約して以降、社交の場にでるよう努めているからだった。フィンはいずれ名門ブルーイット家を継ぐ。その奥方にふさわしくなれるように、社交の輪をいまから広げておかなくてはならない。

そんなシュゼットを助けてくれたのはジーナだった。女どうしでしかわからないような複雑な人間関係について教えてくれて、女性ばかりが招かれるお茶会や午餐会ではいつもそばにいてくれた。

そのおかげでシュゼットは、ジーナと仲のいい友人と認識されて、ジーナづたいに友だちが増えたのである。

そのなかのひとりであるアメリアが、栗色の巻き毛をくるくると指に巻きつけながらぼやいた。

「シュゼットはフィンさまに愛されていてうらやましいなぁ」

アメリア宅のお茶会は、春の日差しがふりそそぐテラスでひらかれていた。スコーンやサンドイッチ、アップルケーキやミントティーなど、さまざまなものがテーブルの上にしきつめられている。

シュゼットは、フォークでアップルケーキを切りわけながら言った。

「アメリアだって、婚約者のジェフさまにとっても大切にされてるじゃない」

「ジェフはどことなく淡泊なのよね。情熱が薄いっていうか」

「どうしてそう思うのですか？」

ミントティーを口に運びながらジーナが問う。アメリアは、ふっくらとした健康的な頰を不満げにふくらませた。

「だって、やきもちをやいてくれないんだもの。夜会でわたしがほかの男性と楽しくおしゃべりをしていても、ちっとも反応してくれないのよ。素知らぬ顔であいさつまわりしてばかり。本当にわたしのことが好きなのかしら」

「あーそれ、心のなかではものすごく嫉妬してるという感じじゃない？　プライドがあるから表にださないだけじゃないかな」

シュゼットの言葉にジーナもうなずいた。

「ジェフさまは落ち着きのある殿方ですものね。逆に考えましょうよ。表にだされてしまうと困ってしまうわよ。アランは繊細で動揺しやすいから、わたしがほかの男性と談笑しているとすぐに泣いてしまうの。頭をなでなでしてなぐさめるのにひと晩中かかるのよ。疲れてしまうわ」

「そ、そうなんだ……」

「た、たいへんそうね……」

「ところでフィンはどうなのかしら。シュゼットさんは、今日はフィンの誘いを断ってこちらに来たのでしょう？　怒っていなかったのですか？」

ジーナの問いに、アメリアも興味津々といった感じで目を向けてくる。

シュゼットは肩をすくめた。

「ぜーんぜん。にっこり笑って楽しんでおいでって言ってたよ」

ジーナの言うように、フィンにいやな顔をされたらシュゼットは困ってしまっただろう。フィンのおだやかな性格に感謝したものだが、どこか物足りなさもある。

しかしジーナは、深刻そうな表情になった。

「それは、とっても怒っているわ……」

「えっ？」

「ほかになにか聞かれなかったかしら？」

「ええと、今日の出席者と、場所かな」

「さすがフィンですね。ぬかりがないわ」

深くうなずいてジーナはアメリアに目を向けた。

「アメリアさんのお兄さまは今日ご在宅かしら？　もしかしたらおでかけになっているのではなくて？」

アメリアはびっくりしたようにうなずいた。

「よく知っているわね。お兄さまはお友だちに誘われて乗馬に行っているの。だれと行ったかは聞いていないけれど」

「フィンと行ったのですよ。まちがいないわ」

確信を持っている様子でジーナは言う。

「先日の夜会で、アメリアさんのお兄さまはシュゼットさんのことをすてきな女性だと褒めていらっしゃったもの。フィンは警戒したのね。こちらのお屋敷でばったりと出会ってしまって、シュゼットさんがうっかり口説かれでもしたらたいへんですもの」

「ええー、それはジーナの考えすぎじゃないかなぁ」

シュゼットはいまいちピンとこない。アメリアは、神妙な顔つきでうなずいた。

「ジーナの言うとおりかもしれないわ。だってシュゼットがほかの殿方とお話をし始めると、風のような早さでフィンさまが現れてやんわりとシュゼットを連れていってしまうもの」

その部分はシュゼットにも覚えがある。

シュゼットとしては、ブルーイット家嫡男の婚約者を横からさらおうとするほど度胸のある男性は皆無だと思っている。だからフィンのそれは、いささか過保護にすぎるような気がして困ってしまうのだ。

　アメリアは続ける。

「お兄さま、シュゼットのことをかわいいかわいいって言って熱を上げていたから、お父さまに『ブルーイット家の婚約者にくれぐれも手をだすなよ』と釘をさされていたくらいよ。フィンさまは勘がよさそうだから、すぐに気づいたのではないの？」

「わたしもそう思います。シュゼットさん、今日のお茶会はフィンの誘いをことわってきたとおっしゃっていましたが、たしか前回もおなじようなことがあったのではないですか？」

「ええと、これで三回目かな」

　アメリアが眉をよせた。

「いやだわシュゼット。わたしたちがフィンさまににらまれてしまうじゃない」

「フィンはそういう感じにはならないと思うけど」

　ジーナは口もとに手をあてて考えている様子だ。

「そうですね……表だってにらんできたりはしないと思います。フィンは基本的にはおだやかな殿方ですから。でも裏で手をまわしてシュゼットさんをお茶会に出席させないように持っていくことはあるかもしれないわ」

「それもないと思うけど、それをされたらものすごく困る！」

　こんなに楽しい女子会を阻止されたらたまったものではない。そしてフィンがそれをしようと本気をだしたら、あっさりできてしまうような気がするのでとても怖い。

「あとできちんと埋めあわせしておいたほうがいいと思います」

ジーナの助言にシュゼットはうなずいた。

「いちばん効果的な埋めあわせ方法はなんだと思う？」

「ひと晩中頭をなでなでしてなぐさめて差し上げたらいかがでしょう」

ジーナのとっておきの対処法がフィンに対して効果的かどうかは、はてしなく未知数であった。


翌日のことである。

朝食後にフィンは、自宅の応接間に姉の婚約者を迎えていた。

いや、迎えていたというと語弊がある。「姉の婚約者が突然押しかけてきた」が正しい。

彼はこの国の王太子であるので、本来なら、会うときは最敬礼をもって臨まなければならない。しかし、なにかと型破りなこの王太子は事前連絡なしにブルーイット家の門をたたき、ずかずかと乗り込んできて「フィンと茶が飲みたい」などとのたまうのである。

近いうちに義弟になる予定のフィンに拒否権はもちろんない。

二十二歳の王太子リオン・ブレイズは、ブルーイット家が用意した最高級のソファにどかりと座り、長い脚をぞんざいに組んでいる。そんなふうでも気品を失わないのは王族たるゆえんだろうか。

リオンは、繊細にきらめく銀糸のような髪を優美なしぐさでかき上げながら、フィンを揶揄するように言った。

「おまえ、好きな女ができたらしいな」

開口一番にこれである。リオンに紅茶をすすめながらフィンは淡々と答えた。

「先日婚約いたしました。国王陛下にはすでにお許しをいただいております」

「王の許しなどどうでもいいだろう。肝心の、私への紹介がまだだぞ。早くしろ」

「近いうちに場を設けるつもりです」

「聞くところによると、たいそう可憐な娘らしいではないか」

フィンは内心で舌打ちをした。

こう見えてリオンは姉ひと筋なので、彼がシュゼットに手をだしてくることはないと言いきれる。

やっかいなのは、フィンをからかうことに至上の喜びを感じる習性をもっているというところだ。

彼は王太子だからむげにあしらうこともできない。リオンは、そういう部分もわかっていて自分の立場を最大限利用してくるからよけいにやっかいなのである。

「その娘は男ぎらいだと聞いたが、どうやって落とした？」

「誠実に愛を伝えました」

「ベッドの上でだろう？　初対面で部屋に連れ込むとは大胆なやつだ」

「……。どちらでお聞きになったのですか？」

フィンが思わず渋面になると、リオンは紅茶に口をつけつつにやりと笑った。

「どうしたフィン。やけに他愛ないな」

そこでフィンは引っかけられたことに気づく。肩から力を抜いて、背もたれに身をあずけた。

「最近いそがしくてあまり余裕がないのです。手かげんしてください」

「婚約の諸々で多忙なのか、それとも婚約者に入れあげすぎて余裕を持てないのかどちらだ？」

「殿下も、姉と婚約された当初は多忙でいらっしゃったでしょう。社交の場での報告や毎日とどく祝いの品への返礼などで、当時は姉も疲れきっていましたよ」

「ナタリアは気丈ではあるが、か弱い女だからな。けれどおまえはちがうだろう。その程度でいまさら消耗するわけもない。つまりは後者が正解ということだ。涼しい顔を崩さないくそがきだと思っていたが、おまえもふつうの人間だったのだな」

リオンといいシェインといい、どうして周囲の人間はフィンが恋をしたと知るや過剰に反応してくるのだろう。

いや、理由はわからないでもないのだが。

「婚約者はそんなにいい女なのか？　その逆でひどく凡庸な女ということもありうるが」

「いい女ですよ」

いいかげん鬱陶しくなってきたので、フィンは意趣返しをする。

「殿下の婚約者さまの五倍程度には、いい女です」

「……。ほう」

リオンの頬がひきつった。

彼は、自身の婚約者をこけにされることがもっともきらいなのだ。

「言うようになったなフィン。それでこそ我が義弟だ」

「敬愛する義兄に日々鍛えられておりますので」

「ついでに体も鍛えてやろう。訓練用の剣を持って表へでろ」

「僕は銃のほうが好みです。なにごとも一発ですみますので」

「ならば狩りだな。いまから特別に王城の狩り場へ招待してやる。より多くのきつねを獲ったほうが勝者だ」

リオンはティーカップを無造作に置いて立ち上がった。

フィンもそれにならいながら、内心では闘争心を燃え立たせていた。前回の狩りでは負けを喫したので、今回は絶対に勝ってやる。

「勝者への褒美はご用意いただけますか？」

「おまえの女に最上級の宝石を買い与えてやろう」

「いりません」

「ほかの男が送るものはいらぬか。独占欲の強いことだ。であれば、なにがいい？」

「そうですね――」

フィンが思案していると、ふいに扉がノックされた。壮年の執事が現れて来客があることを告げる。

「おそれおおくも王太子殿下がご来訪中でありますのでお引きとり願うべきなのは重々承知なのですが、なにぶんご客人がフィンさまの婚約者さまでしたので、まずはご意向をうかがおうかと思いまして」

フィンがなにかを言う前に、リオンがひざをうった。

「じつに優秀な執事だな！　すぐにその娘をここへ通せ」

「殿下、それは――」

「フィンは黙っていろ。おい執事、おまえはこやつの婚約者をいますぐに連れてこい、命令だ」

いかにブルーイット家の執事とて、王太子の命にはさからえない。苦い顔をするフィンに遠慮した様子を見せつつも、執事はシュゼットを迎えにいってしまう。

こうなると、シュゼットが（というよりも自分が）リオンのおもちゃにされる可能性が非常に高くなる。シュゼットといいリオンといい、なぜ自分たち姉弟の婚約者は事前連絡なしで訪れてくるのだろう。心のなかでフィンは頭を抱えた。

いや、シュゼットに関しては連絡なしで年中いつでも飛び込んできてくれてかまわない。むしろ大歓迎だ。しかしながら、姉の婚約者には最大限遠慮してもらいたい。

しばらくののち、緊張に張りつめた声が室内に響いた。

「し、失礼いたします！」

空色のドレス――フィンがプレゼントしたものだ――をまとったシュゼットが、全身をぎくしゃくさせながらリオンに礼をとる。

「お、王太子殿下にはご機嫌うるわしく……ご歓談の最中にお訪ねするという不敬、こ、心より謝罪を申し上げます。わたくしはシュゼット・ロアと申します。お見知りおきいただければ幸いです」

かわいそうなくらい緊張しきっている様子である。ぎこちないなりに一生けんめいな所作が最高にかわいい。

この場にリオンさえいなければ、すぐさま抱きよせて甘いくちびるを味わえるというのに。

（じゃまだ……）

当のリオンは、好奇心に満ちた目でシュゼットを見つめている。

「もちろん見知りおくとも、レディ・シュゼット。なるほど、そなたがフィンの想い人か。ふむ、これは意外だな」

リオンが大股でシュゼットに歩みより、長身から彼女をじろじろと見下ろしている。シュゼットは完全に腰が引けているようだ。

「フィンはもっと色気のきつい女が好みだったはずだが。こういう子犬タイプに手をだすとは想定外だ」

「い、色気……。子犬……？」

「いいかげんにしてください、殿下」

フィンは、臣下の礼をかなぐりすててリオンの腕をつかみシュゼットから遠ざけた。

「高い位置から見下ろすとシュゼットがおびえてしまいます。それに、不要な発言もお控えください」

「不要な発言？　彼女がおまえの好みの女ではないと言ったことか？」

これは、姉の五倍いい女だと言ったことへの仕返しだろう。なんという陰湿な男だ。

フィンは、底意地の悪い言葉にシュゼットが反応するよりも先に彼女の細腰を抱きよせた。

「フィ、フィン、王太子殿下の前で――」

「よく聞いて、シュゼット。俺に好みなんてないよ。俺が愛しているのはきみだけだ」

耳もとでささやけば、シュゼットの顔がいっきに赤くなった。

過去の教訓から、誤解されそうなときは一秒でも早く正確に解いておくようにしている。

この場にリオンがいて興味深そうに見られていることなど、シュゼットが傷ついたり離れていったりする事態に比べたら些末なことだ。

「これは重傷だな。もはやつける薬のない段階だ」

「治療の必要性を感じませんので、なんの問題もありません」

「お、王太子殿下、申し訳ございません、昼間からフィンが御前でふらちなことを……！」

フィンの腕のなかでシュゼットは混乱している様子である。

リオンはおもしろがるように笑った。

「謝ることはない。乳を揉んだわけでもあるまいし、まあ揉んでもかまわんが」

「揉……!?」

「おお、林檎のように真っ赤だな。一周まわってこういううぶなタイプに落ち着くのか。たしかに愛らしい娘だが、私のナタリアの五倍は言いすぎだ。せいぜい十分の一か二十分の一……」

フィンは、シュゼットの混乱をしずめるために優しく背中をなでながらリオンに言った。

「わかりました。その件に関しては僕がおとなげなかったです。申し訳ありませんでした」

「ふん、私のお守りもたいへんだなフィン」

「あ、あの、フィン、そろそろ離してくれないと……王太子殿下の御前だし……」

腕のなかでシュゼットがもぞもぞと動いている。しかしフィンとしてはここで手を離す気にはなれない。

「こういうことですので、殿下。本日の狩りは遠慮させていただきたいのですが」

「色がきめ。私の供より女を選ぶか。狩りの褒美もいらんというのだな」

とがめながらもリオンの口もとはにやついている。彼にとってはさぞ楽しい見せ物なのだろう。

こうなったらどこまでものってやる。

「ええ。追いかけ続けてやっとつかまえることのできたこの娘に入れ込んでおりますので、彼女のことで頭がいっぱいなのです。どのような褒美もシュゼットの前ではすべて色あせますし、殿下のお守りをして差し上げる余力は微塵も残っておりません」

「今日のおまえを肴に、ナタリアとよい酒が呑めそうだ」

リオンは大満足の様子である。フィンは投げやりな気分で「ご存分に」と返した。


フィンの屋敷を訪ねて、まさか王太子にでくわすとは想像もしていなかった。

リオンを見送ってからフィンの部屋に通されたのだが、シュゼットはまだ衝撃が抜けきらない。

「シュゼットは、リオン殿下にお会いしたのは今日が初めてだったね」

フィンがソファに促しながら聞いてくる。シュゼットは我に返った。

「うん、わたしはこれまであんまり社交の場にでていなかったからね。うわさには聞いていたけれど、本当にかっこよくてびっくりした……」

「へえ？」

「フィンのお姉さまの婚約者さまだから、どんなお方なのかなって思ってジーナたちに聞いてみたことがあるんだ」

ジーナやアメリアは「リオン殿下はワイルドな気品がおありで、お顔立ちがとっても整っていて、なにより婚約者さまを深く愛していらっしゃるのよ」と言っていた。まさにそのとおりだった。

（モデルさんみたいにかっこよかったな。ああいうお方が王族だっていうと、ものすごく説得力があるなぁ。カリスマ性っていうものなのかも）

もちろんいくらかっこよくてもフィンにはぜんぜん敵わない。

シュゼットにとって、世界でいちばんすてきなのは大好きな恋人のフィンなのである。

ぼーっとしながらそんなことを考えていると、となりに腰かけていたフィンがふいに手を伸ばしてシュゼットの頬にふれてきた。

色を帯びたようなふれかたに、シュゼットはどきりとする。

「フィン？」

「近い将来、シュゼットは殿下の親戚になるんだよ。だから顔をあわせる機会は増えてくると思う」

「あ、そっか。そうだよね。緊張するなぁ」

「なるべくなら俺は会わせたくないけれど」

ささやきながら、フィンはシュゼットの頬に口づけた。頬にふれていた指はうなじをすべり、細い鎖骨をゆったりとたどっていく。

ぞくりとした淡い快感が生まれて、シュゼットは小さく肩をふるわせた。

「フィン、あの――」

「ほかの男にきみを見られたくない」

ふれるくちびるや指先は熱を帯びているのに、声だけは静かに響いている。

シュゼットは心臓がどきどきして壊れてしまいそうだった。そんな状態で、なんとか声を押しだした。

「ほかの男っていっても、でも、リオン殿下には婚約者さまがいらっしゃるよ」

「俺のかわいい恋人がすてきな王太子に胸をときめかせていると知って、冷静でいられると思っているのか？」

「そ、そんなこと――、っ」

頭のうしろから大きなてのひらで抱きよせられて、くちびるを塞がれた。

やわらかく食まれながら、鎖骨で遊んでいた指先が胸もとのレースにかかる。

「つん、ん……。フィン、だめ……、っあ」

ちゅっと舌を吸いだされて、彼の歯先で甘く噛まれる。そのままやわらかさを堪能するように舌をからめられた。

陽光のさす室内に、互いの唾液がからみあう音がにじんでいく。

舌と歯で思うさまにシュゼットの舌を味わったのち、フィンは口腔内に侵入してきた。やわらかな粘膜をなめたり熱くはりつめるくちびるを甘噛みしたりして、シュゼットに濃密な官能を与えていく。

たくましい腕に抱き込まれ、みだらな口づけに翻弄されて、体の芯からとろけてしまいそうだった。

「うん、ん……っ、フィン……」

「言って、シュゼット。俺のことが好きだって」

口づけのあいまにフィンがささやく。

静かな声に熱い吐息がからみ、淫靡な色をはらんでいく。

「俺以外の男なんてどうでもいいって言ってごらん」

「あ……っ！」

むきだしにされた乳首にフィンの指がふれて、ゆっくりとなでまわされた。

いつのまにか背中の紐がゆるめられ、コルセットがずらされている。

まろやかなふくらみが布地に押し上げられ卑猥にかたちを変えている。それをフィンは、指とてのひらでやわらかく愛でた。

口づけと胸への愛撫から、ゆるやかに犯されていく。

好きな人に身をゆだねる心地よさと、ふれられる肌の愉悦にシュゼットはなやましく息を乱した。遅れて、フィンの言葉が頭のなかに浸透してくる。

あえかな声のににじむくちびるから、無意識に近い言葉がこぼれでた。

「すき……フィンが、好き。フィンだけなの。フィン以外なんて、考えられない――」

片胸を揉みしだかれながら、腰にまわった腕にぐっと抱きしめられる。

口づけは、くちびるからうなじに移っていく。熱く濡れた感触が敏感な素肌を這って、シュゼットは背をしならせた。

「あ、あ……っ」

「好きだよ、シュゼット」

巧みな舌遣いや指遣いよりも、フィンの声にいっそう感じてしまうのはどうしてだろう。

赤く凝る乳首をつままれていじられながら耳のうしろにじっくりと舌を這わされ、ときおりきつく吸い上げられる。

下腹まで伝わるみだらな快楽にたえきれず、シュゼットは腰をもぞもぞと動かした。すると、腰を抱いていた彼の手がドレスごしにそのあたりをなでまわしてくる。

フィンは、耳朶をゆるく食みながら欲情した声でささやいた。

「シュゼットは、明るいうちに抱かれるのはきらいだったね」

「ん……っ、でも……」

腰にふれてくるてのひらの熱が体に染み込んでくる。耳朶をなめる舌も、乳房を揉む大きな手も、彼のささやく声も、すべてが気持ちよくてたえられない。

もうひどく濡れてしまっている。その場所にフィンが欲しい。熱くたぎる欲望でつらぬいて、奥のほうまで突き上げて、フィンの思うさまに揺さぶってほしい。

フィンの手がゆっくりとスカート部分をたくし上げていく。ふとももまでを覆うドロワーズの腰紐がほどかれる。

そのあいだも胸をかわいがられ、頬やくちびる、うなじなどに口づけを落とされて、じわじわと快感を高められた。シュゼットはもどかしさに瞳をうるませる。

「あ、ん……っ。フィン、はやく……」

頼りない指先でフィンの上着をつかんだ。ドロワーズをずり下げていくフィンの、青色の瞳が熱い情欲に染まっていく。

「その声と表情に、どれほど、何度、あおられたか」

ドレスの内側で男の指が濡れた花びらをじっくりとなで上げる。

とたんに広がる甘い愉悦に、シュゼットは腰をふるわせた。

「ひぁ……ッ」

「ああ、すごいな。指でほぐす必要もないくらい潤ってる」

フィンの指が媚肉のなかでうごめくたびに、くちゅ、ぬちゅ、といやらしい水音が立つ。

自分がひどく濡れていることを自覚させられて、シュゼットは頬を熱くした。けれど羞恥は、フィンから与えられる快感にあっけなくのまれていく。

ぬるぬると割れ目をなでる指は、やがて上のほうにある粒をとらえた。

「あ、あ……ッ！」

「このかわいらしい芽も大きくふくれているね」

硬い指の腹で輪郭をじっくりとたどられたのちに、押しつぶすようにこりこりと転がされる。

もっとも敏感な箇所への愛撫に、シュゼットはフィンにしがみつきながら快楽をたえた。きゅうっとしまる膣肉に、フィンの指がねじこまれてくる。

「や、ぁ、あ……っ！」

「こんなにも熱くして、つらかったろう？　一度楽にしてあげる」

情欲をはらむつやめいたささやきに、彼の指を食むシュゼットのなかがいっそうしまった。くちびるにキスをするフィンが、淡くほほ笑む気配がした。

ゆっくりと淫芽を押しつぶされる。その内側で、シュゼットのもっとも感じる肉壁を指でえぐられた。

「……ッ！」

快感がびりびりと肌をあわ立たせ、限界までふくれあがる。肉粒をきつくこすり上げられ、増やされた指が蜜襞に奥のほうまでねじこまれて、シュゼットは両脚をひきつらせた。

達する瞬間に、くちびるを口づけで深くふさがれる。舌をからめとられながらシュゼットは絶頂を味わった。

びくんびくんとふるえていた体が、やがて弛緩してフィンにゆだねられる。膣肉の蠢動がおとなしくなったあとで、フィンの指がずるりとひき抜かれた。

「あ……」

「次は俺を気持ちよくして、シュゼット」

淫液に濡れた指を、シュゼットのくちびるにフィンはゆっくりとねじこんでいく。

ごつごつしたそれに、シュゼットは反射的に舌をからませた。けんめいになめていると、腰を浮かされてフィンの上にゆっくりと沈められていく。

「うんん……ッ！」

「声は抑えて……そう、いい子だね」

フィンの指がシュゼットの舌をなでる。

みだらに匂いたつ蜜孔にずぶずぶと熱杭をうがたれていく快感に、シュゼットは総毛だった。半ばまで埋められたところで、ぐっと腰を引き落とされる。最奥までつらぬかれ、下肢が密着してからするどく突き上げられた。

「んんん……‼」

子宮の底をたたかれ、えぐりこまれて愉悦が走る。とっさにフィンの指に歯をたてていた。くわえこまされた雄杭がいっそう硬く張りつめていく。

「は――」

フィンが眉をゆがめた。さらに腰を押しつけて、ぐりぐりと突き当たりをえぐってくる。目もくらむような快楽に息をみだしながら、シュゼットはフィンの欲望をきつくしめつけた。

「ん、ん……っ！」

「ああくそ、たまらない……！」

　ひときわ強く突き上げて、フィンは、シュゼットの口腔から指をひき抜いた。代わりに激しくくちびるを奪ってくる。

　飢えを満たすかのように上も下も貪られて、シュゼットはまた達した。蠢動する膣肉がきゅうきゅうとフィンを食いしめる。

　達しながら揺さぶられ、奥を何度も突かれて、けれど声はすべてキスにのまれた。

　フィンは、シュゼットの粘膜をあますところなく味わいながら胸を揉みしだき、やがて息をつめてびくんと背をふるわせる。

　シュゼットは、体内が白濁に犯されていくのを感じた。

　生ぬるいふたりの体液にぐちゅぐちゅと蜜孔が満たされていく。

「……ふ、ぅ……っ」

「シュゼット……」

　息を荒げたままフィンは、シュゼットの頬にくちびるを押し当てる。

　その熱から彼の恋情が流れ込んでくるようで、シュゼットはフィンに体をすりよせた。

「フィン……」

　フィンはぬかるみから自身をゆっくりと抜き去った。シュゼットの頬やひたいにくちづけながらドレスの乱れを直していく。最後に髪を整えて、くちびるに優しくキスをした。

「早く……いっしょに暮らしたい。シュゼットを屋敷に閉じ込めて、どこにもだしたくない。きみの声やまなざしを俺だけのものにしたい」

情熱的な声で告げられて、シュゼットは一瞬、そうなってもいいと思ってしまった。

そんな自分をとがめつつ、シュゼットはゆるく首を振る。

「だめ……。そんなのだめだよ。女子会ができなくなっちゃう」

「ほかの男にきみを見つめられることに、そろそろ耐えきれなくなってきたんだ」

「わたしのことなんてだれも見てないよ」

「そういう無自覚なところも心配だよ。きみのすべては俺のものなのに、きみにかかる声やまとわりつく視線がうっとうしくてしかたがない」

フィンは独占欲を隠そうともしない。シュゼットは、困ったと思いながらもときめいてしまう。

（わたしなんかよりフィンのほうがよっぽど女の人の視線を集めてるくせに）

今度、嫉妬し返してみようかな。

そう考えたところでシュゼットは、今日ここを訪ねてきた理由を思いだした。遠慮がちにフィンを見上げる。

「あのね、フィン。今日は伝えたいことがあってここに来たの。伝えたいことというか、お願いがあるんだけど……」

「お願い？　なんでも言ってごらん」

フィンはうれしそうにしている。

（ジーナやアメリアと話していて気づいたんだけど、わたしは自分からフィンをデートに誘ったことないんだよね）

いつも誘われてばかりで、しかもそのお誘いも女子会を理由に断ってしまうことがある。

恋人として、婚約者として、これではだめだろう。

シュゼットは、フィンに抱きかかえられた状態のまま告げた。

「明日、川辺へピクニックランチに行かない？　予定あいてるかな」

「――ああ。もちろん」

フィンは、驚いたような顔になったあと、すぐに笑った。

「もちろんだよシュゼット。いっしょに行こう」

「よかった！　楽しみにしてるね」

「ああ、俺も」

フィンは、とろけるような甘い笑みを浮かべた。

「とても楽しみだよ。明日も、あさっても、シュゼットとすごしていく先を思っただけでとても幸せな気持ちになる」

フィンの言葉に、シュゼットのなかであたたかい想いが育っていく。

抱きよせられ、くちびるが優しくかさねられて、シュゼットは幸せに満たされながら目を閉じた。

あとがき

こんにちは、椋本梨戸です。このたびは『転生令嬢がその貴公子から逃げられるのは、三回までのようです』をお手にとっていただきどうもありがとうございました。

こちらは小説投稿サイト・ムーンライトノベルズさまにて連載させていただいていたものを、担当さまからお声がけいただき、加筆修正・後日談追加にて、ディアノベルスさまより刊行していただいたものになります。異世界転生ものは、ネットで小説を書くにあたって一度は書いてみたいと思うジャンルでしたので、とっても楽しんで書きました。

今回のヒーローのフィンですが、いままで書いてきたなかで彼はもっとも貴公子らしい貴公子というか、ひたすらキザなキャラクターになったなぁと感じています。あらすじの時点ではもっとクールでひょうひょうとしたイメージのキャラクターだったのですが、本文を書いていくうちに、どんどん情熱的なヒーローに変わっていったのでびっくりした覚えがあります。

これはたぶん、ヒロインが恋愛にあまりに及び腰なので、彼が前のめりにならざるをえなかった結果ではないかと……。

ヒロインのシュゼットは転生者ということで、セリフがお嬢さま言葉になりすぎないお嬢さまでした。だから会話を書いていると新鮮な気持ちがして、とっても楽しかったです。ぐるぐる悩む系のヒロインでしたが、どん底まで落ちてもどこか明るいので、たくましい子なんじゃないかなと思います。肝っ玉母さんになりそうですね。

それにしても早いもので、わたしにとって今作が五作目の本になります。幸運が重なって、そしてなにより、読んでくださる方々のおかげで書き続けることができました。本当にありがとうございます。

執筆にあたりまして、担当さまより、とてもていねいで的確なご指示・ご助言をいただき、毎回感動していました。いつも感じていたのですが、担当さまは書き手のモチベーションを上げる天才かと……。本当に感謝しております。

また、出版に際しご尽力いただいた関係者の方々にも心より御礼申し上げます。イラストを担当してくださった駒城ミチヲ先生には、優美なエリックと、綺麗で愛らしいシュゼットを描いていただき感動しました。できあがりを拝見するのをとっても楽しみにしています。どうもありがとうございました。

そして、執筆の時間を確保してくれた家族、いつも話を聞いてくれる友人たち、そして読者さまに、最大限の感謝を。楽しんでいただけたら、これほど幸せなことはありません。またお会いできることを願って。

椋本梨戸

ディアノベルス
転生《てんせい》令嬢《れいじょう》がその貴公子《きこうし》から逃《に》げられるのは、
三回《さんかい》までのようです

2018年 5月 30日　初版第１刷 発行

❖著　　者　椋本梨戸
❖イラスト　駒城ミチヲ
❖編　　集　株式会社エースクリエイター

本書は「ムーンライトノベルズ」（http://mnlt.syosetu.com/）に掲載されたものを、改稿の上、書籍化しました。
「ムーンライトノベルズ」は、「株式会社ナイトランタン」の登録商標です。

発行人：久保田裕
発行元：株式会社パラダイム
〒166-0011
東京都杉並区梅里2-40-19
リールドビル202
TEL 03-5306-6921

印 刷 所：中央精版印刷株式会社

DN013

男勝りで責任感が強い性格の王女オデット。
結婚＝国政という考えのせいで
恋愛については未経験のことばかり。
そんな彼女が大国の王レオナルドに嫁ぐことに。
軍人王と称えられる彼は
オデットにとってはどこかいけ好かない奴で……。
「私は気軽に、愛しているなんて言葉を使いたくないんだ」
愛が理解できない破天荒な王妃と、
彼女の愛を求め続ける王の
ロイヤルラブコメディ、開始!!
シリーズ好評発売中！
愛していると言ってくれ！
～孤独な王と意地っ張り王妃の攻防戦～
藍井恵
みずきたつ
1
愛していると言ってくれ！
～孤独な王と意地っ張り王妃の攻防戦～
藍井恵
みずきたつ
2

藍井恵
Megumi Aii
イラスト みずきたつ
Mizukitatsu
愛していると言ってくれ！
～孤独な王と意地っ張り王妃の攻防戦～

Dear Novels
シリーズ好評発売中！
俺は君なしでは
生きていけない。
君のためなら、
命さえ惜しくない。

頬にサヨナラのキスを
実の妹に婚約者を奪われた侯爵令嬢のレオノーラは、
妹の婚約者だったアルウィンと代わりに結婚をすることに。
彼の中に妹への想いが残っていると感じたレオノーラは、
それぞれの未来を守るため、
アルウィンのもとを去る決意をする。
「愛していただけなのに……こんなわたし、
貴方に見せたくない」
聡明で美しい侯爵令嬢と
本心を明かせない公爵子息の
ドラマチックラブストーリー!!
宇佐美月明
Tsukia Usami
イラスト 壱也
頬にサヨナラのキスを
1
宇佐美月明
頬にサヨナラのキスを
2
宇佐美月明

Deux Novels
好評発売中！
夜のあなたは違う顔
木下杏
Anzu Kinoshita
イラスト 里雪
小国の王女として生まれたリアナ。
賊から助けてもらったことをきっかけに、
大国の皇帝ヴィルフリートに恋をしてしまう。
側妃の立場として迎えられた彼女に突きつけられたのは、
「お前を愛することはない」と言う彼の言葉だった。
言葉とは裏腹に、大事なものを扱うように
優しく触れる彼に、リアナは好意をつのらせていく……。
「本当に、私でいいのでしょうか」
生真面目な小国の王女と
冷淡な大国の皇帝の
優しく紡がれるラブストーリー!!